Valérie Vandal

I0666427

Juin

Éditions Dédicaces

JUIN, par VALÉRIE VANDAL

EDITIONS DÉDICACES LLC

www.dedicaces.ca | www.dedicaces.info
Courriel : info@dedicaces.ca

Valérie Vandal

Juin

Parfois, nous laissons la vie nous échapper,
Parce que nous attendons et espérons le grand amour.
La vie saura toujours surprendre, car
L'amour frappe lorsque nous nous y attendons le moins.
La passion est importante pour évoluer,
Mais ce qui importe est de trouver la personne
Avec qui partager ses rêves...
Écoutez votre cœur et ne vous retournez pas!
Quand nous aimons et que nous sommes aimés en retour,
Une énergie nouvelle rejaillit dans le cœur de chacun et
elle permet d'atteindre des limites insoupçonnées.

— V. VANDAL

Chapitre 1

Pierre vient de m'annoncer qu'il déménage au premier juillet. En quinze minutes, il a bousillé quatre ans de vie commune! S'il m'avait quitté pour une plus jeune, j'aurais pu au moins le détester, mais il a décidé de poursuivre son rêve et quelque part, je ne peux que l'admirer. En ce glacial Vendredi saint, j'ai l'impression que ma vie est en train de s'écrouler et qu'il me prive définitivement de mon souhait le plus cher : celui d'être mère. Un seul, ce n'est quand même pas trop demandé! Il n'en veut pas avec moi... Il désire déménager au Costa Rica pour acquérir une petite plantation de café et fuir les hivers rigoureux canadiens. Et moi là-dedans?

J'ai toujours vécu des fréquentations colorées cependant, celle avec Pierre demeurait monochrome. Je pensais qu'il ferait un bon père et qu'une vie auprès de lui serait agréable. J'acceptais de sacrifier la passion en échange de pouvoir réaliser le rêve d'une famille idéale, c'est à dire, le couple marié vivant dans une jolie maison avec leurs deux enfants et l'animal de compagnie. Comme de nombreux couples de notre génération, notre amour n'a pas pris son envol selon lui et ce fut le « crash » ultime d'une union précaire... Nous vivions dans l'hypocrisie d'une fausse vie heureuse. Nous nous mentions à nous-mêmes.

Il a fallu, malgré tout, bien du courage à Pierre pour me l'avouer et c'est tout à son honneur d'aller de l'avant dans son projet. Au lieu de voir mon existence s'écrouler en le regardant ranger tous nos souvenirs dans des boîtes de carton, j'ai décidé de partir sur un coup de tête un mois en voyage pour effectuer le vide et emprunter un nouveau sentier.

Peut-être bien que mon rêve d'une famille apparaissait impossible, mais j'avais la ferme intention de renouer avec l'écriture que j'avais mise en veilleuse trop peu concentré pour écrire une histoire intéressante. J'espérais que l'inspiration reviendrait soudainement. Le vent de fraîcheur créatif semblait m'avoir déserté, car je consacrais une emphase démesurée au « tic tac » de l'horloge biologique que Pierre venait de désamorcer en quelques minutes. Un changement d'environnement devenait imminent... Quelle destination choisir?

Je décidais d'écouter la voix de mon cœur et de me laisser aller sans en avoir totalement le contrôle. J'osais sans savoir ce que je découvrirais! En provoquant l'avenir, j'espérais en sortir grandie, car le trajet indéterminé de nos ambitions peut engendrer une aventure inspirante. J'avais la ferme intention de passer un mois de juin exceptionnel. Je voulais changer à tout prix mon état d'âme et mon souhait deviendrait réalité.

Jusqu'à présent, tout dans ma vie paraissait être dessiné d'avance. Peu de temps après ma rencontre avec Pierre, il avait aménagé dans mon condo. Au départ, nous désirions vivre cinquante ans ensemble avec de la petite marmaille à nous. Il m'avait convaincue lorsqu'il disait qu'un jour, il irait chasser les fantômes dans la chambre de nos trésors pendant que je les réconforterais. Baliverne! Une part de moi-même s'effondrait, ma vie paraissait terne comme la température extérieure qui était maussade et glaciale... Comment retrouverais-je ma joie maintenant que mon rêve s'envolait en fumée?

De toute évidence, je m'accrochais à un déni refoulé depuis trop longtemps. Aurais-je dû être résiliente et lâcher prise plus tôt sur cette relation qui n'allait nulle part? Les gens reconnaissaient Kate Westfield dans les salons du livre et les librairies et ils me disaient combien mes récits faisaient du bien à l'âme et à quel point je les inspirais... s'ils savaient! Cela me donnait un moment de bonheur, mais la tristesse m'envahissait à nouveau, les soirs, car mon cœur était éteint je ne réalisais à quel point j'étais seule.

Je regardai sur l'Internet pour satisfaire mon besoin d'évasion. Ma feuille de route disposait déjà de plusieurs pays visités. J'hésitais entre l'Asie, l'Europe ou l'Amérique du Sud. J'ai fait une douce folie, en ce jour froid d'avril : j'ai opté pour la sélection du jour du courriel promotionnel que je venais de recevoir. Le soleil chaud de la Grèce et ses paysages enchanteurs devenait ma destination pour le mois de juin. Pourquoi ne pas tenter d'y vivre de belles passions? Les grecques, n'ont-ils pas une réputation assez notable dans ce domaine, avec leurs vins, leurs mets et surtout leurs hommes?

Pierre et moi avions convenu, qu'il s'occuperait de mon chien femelle Lily en mon absence et à mon retour, il serait parti, ainsi, je ne subirais pas l'organisation de son déménagement et mon chien serait bien traitée, ces deux-là s'adoraient! En juillet, je me réapproprierais enfin mon condominium chéri du centre-ville de Toronto. En attendant, nous allions nous tolérer et changer notre statut d'amoureux à celui de « colocataire »! Nous proposions de faire de notre séparation un pacte d'amitié. Cela ne représentait pas une chose évidente, au moins, nous nous respections. À première vue, ça pouvait sembler drôle, mais c'était mieux ainsi.

Je vivais pour mon éventuel voyage que je préparais minutieusement, espérant que la créativité reviendrait instantanément. Mon visage toujours souriant ne laissait pas présumer mon vide intérieur. Je personnifiais une bonne comédienne, car certains jours, j'arrivais à me convaincre que tout allait bien.

En faisant mes recherches sur le pays, je suis tombée sur une annonce d'une villa sur le bord de la mer à louer dans la partie macédonienne. Les photos à elles seules m'inspiraient énormément et le prix raisonnable me porta à réserver pour trois semaines. Je ne pouvais plus reculer. J'aurais environ une dizaine de jours pour visiter la capitale et certaines îles avant d'arpenter une région riche en histoire où avait vécu le plus grand conquérant de tous les temps : Alexandre le Grand.

Je ne me doutais pas que ce qui m'attendait bouleverserait non seulement le cours de mon existence, mais celle de l'histoire telle que nous la connaissons. Cet été marqua ma vie. Des événements surprenants ont comblé mon manque d'amour et mon désir de projets ambitieux. Ça semblerait apparaître trop beau pour être vrai, cela m'est réellement arrivé. Vous croirez peut-être vous aussi en la magie du hasard!

Pierre vint me reconduire à l'aéroport ce trente-et-unième jour de mai. J'allais revenir le premier juillet, le jour de la fête du Canada. Je le regardais et je me demandais comment deux personnes peuvent évoluer au point de devenir de parfaits étrangers. Fallait-il revoir notre concept du pacte de l'amitié? Dans le fond, nous avions des rêves qui se ressemblaient à première vue, mais qui en réalité différaient considérablement. Nous ne l'aurions jamais découvert si nous n'avions pas essayé. Pouvons-nous nous reprocher d'avoir tenté l'aventure? Nous nous sommes fait une brève accolade en nous souhaitant un bon mois quand il y a quelques semaines, nous nous disions : je t'aime! Était-ce une utopie de croire que je puisse me retrouver, m'aimer et me propulser en si peu de temps? La beauté dans la vie, c'est quand nous voulons vraiment changer les choses, en y mettant l'effort, tout peut arriver! J'allais m'accorder de douces folies et vivre d'aventures, de découvertes et peut-être d'écriture si l'inspiration me reviendrait.

Chapitre 2

Mes premières heures à Athènes ressemblèrent à un mauvais film, car dès mon arrivée, je fus victime d'ingénieux escrocs qui bousculent les gens dans le métro pour dérober leur portefeuille. Il ne me restait que mon passeport et quelques coupures d'euros pour un mois. J'étais épuisée par le dix heures de vol que je venais d'effectuer et aussi par le « jet lag ». Je me sentais démunie au point de songer reprendre le premier avion pour revenir au pays.

J'ai contacté Pierre, en pleurs, pour lui raconter ma mésaventure, cherchant un peu de réconfort et pour m'aider à garder l'esprit clair. Il ne m'a pas dit ce que je voulais entendre... J'aurais tant aimé qu'il me propose de rentrer et de tout recommencer! Malheureusement, il n'en fit rien et il allait m'envoyer de l'argent, ainsi j'arriverais à m'en sortir. Essayait-il volontairement de me tenir éloignée de Toronto?

Je pourrais difficilement avouer avoir raffolé d'Athènes, la capitale, sauf pour certains lieux anciens bondés de mythes et d'histoires comme l'Acropole qui fut une citadelle de la Grèce antique dans lequel des grands hommes comme par exemple Socrate y avaient vécu. De savoir que je marchais aux mêmes endroits que lui me fascinait. Je pouvais écouter le son du vent qui passait à travers ses immenses colonnes de marbre... c'est ce même son qu'entend l'humanité depuis la nuit des temps, c'est le bruit de la rencontre entre la nature, la pensée et l'imaginaire de l'homme... La vraie histoire, elle est là sur son sol, dans l'air et dans le cœur des gens qui y passent!

Le temple d'Athéna, le Parthénon, le théâtre de Dyonisos et différents vestiges d'une époque riche en événements reposait fièrement sur cette colline couronnée par la ville et la mer d'un bleu saisissant. J'étais loin d'être seule sur cette falaise, une foule de gens de tous les âges et de différentes ethnies s'y promenaient allégrement. En contrebas de cet endroit, le très touristique secteur de Monastiraki proposait un bazar dans lequel d'abondants commerçants essayaient de soutirer le maximum d'argent du nombre incessant de visiteurs de partout dans le monde pour des babioles, souvent de mauvaise qualité. En taxi, j'ai également arpenté le port dans lequel des navires accostent tous les jours avant de repartir au large vers des îles ou d'autres pays. Ma dernière halte fut au stade olympique antique dans lequel eurent lieu les premiers jeux. J'ai gravi le podium et je levai mes bras dans les airs me prétendant être gagnante d'une médaille, l'espace d'un cliché, moi aussi je serai une gagnante!

Je n'ai passé que trois nuits à Athènes avant de prendre une nouvelle destination. J'avais hâte d'arpenter certaines des îles grecques. Je suis arrivée à Rhodes par avion au quatrième jour de juin. La température demeurait pluvieuse et fraîche pour cette période de l'année. Mon appartement loué se situait loin de tout, ses propriétaires, une famille sympathique, cherchaient à nous faire aimer leur coin de pays. Je me suis facilement liée d'amitié avec eux. Ils me conseillaient des activités et des endroits à visiter qui s'avéraient de fascinantes découvertes! En jasant avec eux, je recevais de beaux témoignages et j'avais la vive impression de créer des personnages pour d'éventuelles histoires. Ils étaient riches de cœur malgré qu'ils subsistaient difficilement à cause de la crise économique que subissait la Grèce. Tout ce qu'ils détenaient avait passé dans l'acquisition de ce gîte dans lequel ils travaillaient sans relâche. Avec une perspective de l'extérieur, nous aurions pu croire qu'ils s'étaient acheté une prison, dans laquelle ils accomplissaient d'innombrables tâches, car vu de l'intérieur, je réalisais à quel point, nous les touristes, leur donnions une joie de vivre et un sentiment d'évasion.

Le positif que cette famille m'apportait dans ce lieu paradisiaque ne pouvait atténuer ma tristesse refoulée d'une famille idéale, devenue impossible à cause de Pierre. Les soirs venus, je rentrais dans ma chambre, comblée d'avoir découvert de nouveaux endroits, mais il me manquait toujours ce petit quelque chose pour m'épanouir davantage. Pourquoi cherchais-je tant à cadrer dans le modèle que nous proposent les magazines pour l'identité féminine? Est-ce un mal qu'une femme dans la fleur de l'âge au summum de sa maturité n'ait pas eu d'enfant? J'aimerais les envoyer promener tous ces éditorialistes et leur dire que certaines dames n'ont tout bonnement pas choisi l'homme idéal pour elle ou il pouvait s'agir d'une mauvaise synchronicité... Ça ne fait pas de nous des personnes non accomplies pour autant.

Avant de plonger dans la déprime nommée la crise de la trentaine et de l'horloge biologique, il fallait que je lâche prise et que je cherche à appliquer davantage la règle du « deux heures » qu'une amie m'avait parlé. J'essayais de plus en plus d'intégrer à ma vie cette règle, remplie de sagesse. Toutes les fois que nous vivons une émotion négative, nous devons nous accorder au plus deux heures pour évacuer la colère, la peine, la frustration qui nous envahit et nous passons à autre chose en cessant de vouloir tout contrôler. Du moment que cette énergie est sortie, elle est oubliée. Au départ, plus que deux heures m'étaient nécessaires... cela m'aidait à reconnaître ma joie au lieu de polariser mon attention sur les ondes nuisibles. Je voulais tant écrire, mais la panne se poursuivait...

Au deuxième jour, je suis allée à Symi, une île voisine, espérant raviver ma flamme intérieure éteinte. J'étais si repliée sur moi-même pour apprécier les paysages dignes de cartes postales et les belles conversations ponctuées tout au long du trajet avec des locaux et aussi des voyageurs. J'étais sotte et je refusais de me faire prendre en photo, mon sourire projetait une image qui me désolait. L'endroit splendide, l'astre chaleureux et la sérénade des oiseaux apaisaient l'esprit des touristes. Les maisons multicolores donnaient une gaieté à ce village côtier et ses fleurs sauvages dégageaient une odeur qui ensorcelle l'âme. Un peu en retrait au centre d'une falaise qui surplombait une mer d'un bleu foncé, un musicien jouait de la guitare. Je me suis assise sur un rocher afin de l'écouter tout en regardant au loin ces pêcheurs qui arrivaient et repartaient avec des prises abondantes pour le plus grand plaisir gastronomique des visiteurs. Comment pouvais-je demeurer insensible à tant de beautés? Avais-je un cœur de marbre? J'ai décidé de méditer pour trouver des réponses à mon chaos intérieur. C'est souvent plus simple de rester ancré dans notre confort mélodramatique au lieu d'avancer. J'avais suffisamment piétiné... Parfois, faut-il abandonner le passé pour aller de l'avant? Devais-je pardonner à Pierre de ne pas avoir rompu avant? Et si, dans la réalité, j'étais la seule responsable de ce pardon ultime que mon cœur revendiquait?

À ma dernière journée sur l'île, je me dirigeai dans la forteresse de Rhodes pour me laisser charmer par l'époque médiévale. J'ai sillonné le château qui jadis a abrité les chevaliers de la Table ronde qui à une période, étaient venus de l'île de Malte, située au milieu de la mer Méditerranée, pour prêter main-forte à ce peuple. L'histoire et l'architecture étaient uniques. Ces murs devaient comporter tant d'anecdotes à nous raconter. Tous ces jardins aménagés dans les cours des maisons entourées de palissades de pierres étaient admirables. Après quelques heures de marche intensives dans les rues étroites et visitées tout ce qui me restait à découvrir, je me suis dirigée dans un restaurant que nous appelons « taverna » en Grèce. J'étais occupée à lire pour oublier le temps quand deux chansonniers ont entamé des mélodies. Je les écoutais discrètement, sans trop vouloir saisir le bonheur de la minute qui s'écoulait. J'étais si concentrée à tenter de les ignorer, car un torrent de larmes insistait à jaillir de mes yeux. Peut-être, me suis-je trompée, et j'aurais dû opter pour une autre destination, pensais-je. Je visite l'un des plus beaux pays au monde, les gens sont accueillants, la température idyllique et je suis trop sotte pour l'apprécier?

— Kate, réveille-toi, me sermonnais-je!

Le serveur me proposa le choix du chef qui consistait en une entrée de feuilles de vigne farcies avec comme plat principal des boulettes de viande à l'origan nappé sur une sauce tomate et du melon d'eau en guise de désert. Pendant que je savourais ce délicieux repas, tout en poursuivant ma lecture, j'ai ressenti un changement s'opérer en moi quand *Can't help falling in love with you* d'Elvis Presley a été interprété avec brio par ces deux chansonniers ambulants qui venaient de se placer à côté de ma table. Le plus jeune des deux jouait de la guitare et son sourire illuminait à coup sûr le visage de celui que le recevait et le plus âgé avait un certain charme malgré certains signes qui trahissaient une jeunesse lointaine.

Je sentais tous les regards qui étaient rivés sur moi. Je m'étais beaucoup oublié et j'acceptais de baisser ma garde pour me délivrer de ce lourd fardeau que je traînais avec moi depuis trop longtemps. Les larmes roulaient ardemment sur mes joues. Et si le destin me faisait grâce d'un baume pour panser mon chagrin et passer à autre chose? Tout revenait tranquillement, je faisais la paix et cessais de m'en vouloir. J'étais libérée et une vague de positif allait dorénavant égayer mon quotidien, j'en avais l'ultime conviction. Était-ce réaliste de laisser tomber autant de tristesse le temps d'une chanson? C'est pourtant ce qui est survenu.

Dans ce lieu, qui m'avait attiré pour je ne sais quelle raison, je retrouvais la joie dans mon cœur. Cet homme qui m'avait abordé pour me proposer le menu de son établissement venait sans le savoir de changer la dynamique de mon voyage. Chez Roméo, je voulais aimer et être aimée! L'amour m'envahissait tout comme un bonheur égaré qui faisait un retour en harmonie. Je suis allée poursuivre ce moment magique sur le bord de la mer. Je me suis assise sur un banc de parc en admirant cet endroit où jadis reposait le Colosse de Rhodes. Le port abondait de promeneurs à la recherche d'une croisière de tous genres et s'arrêtaient aux nombreux kiosques qui exposaient divers articles artisanaux, de mets locaux et des souvenirs. Ce qui m'aura enchanté dans cette ville est la gentillesse de ses habitants. J'ai marché des kilomètres sur le bord de la mer pour regagner mon hôtel. J'ai écrit dans le sable granuleux d'apporter mes soucis avec elle. J'ai pris une profonde inspiration et quand la vague enveloppa ma demande, je me suis libérée totalement!

À ce moment-là, je savais que j'allais enfin pouvoir vivre le plus formidable des périples. Ce réveil tardif s'opéra le sept de juin... un jour chanceux, vous dirais-je! Il me restait trois semaines et des poussières, elles deviendraient les plus cruciales de ma vie, songeais-je à la blague. Il ne faut jamais prendre les farces à la légère, maintenant, je le sais, car une rencontre inespérée m'attendait à la croisée des chemins.

Chapitre 3

Ce soir-là, je pris la direction de Santorin par transbordeur, une île enchanteresse dans les Cyclades. J'étais inquiète d'avoir le mal du transport pour cette traversée de six heures, cependant, cela a bien été! Il y avait des fauteuils confortables dans lesquels nous pouvions dormir ou nous détendre paisiblement. Ça ressemblait davantage à un hall d'entrée d'hôtel qu'à un bateau. Ce lieu raffiné invitait à savourer lentement un verre ou à grignoter. J'optai pour un gin tonique puis j'enchaînai avec un second et un troisième. Je jasais avec des gens qui venaient des quatre coins du globe. Ce que j'apprécie des voyages, c'est que malgré nos appartenances religieuses, nos cultures, notre éducation, nous, les voyageurs, sommes des personnes ouvertes sur le monde, prêtes à découvrir l'inconnu. En plus, nous avons une facilité à communiquer entre nous. Certains faisaient escale à Santorin tandis que le restant des passagers poursuivait la traversée de nuit jusqu'à Athènes. Je multipliais des rencontres fortement intéressantes.

Nous sommes arrivés au port d'Athinios à une heure du matin. De nombreux conducteurs de taxi nous attendaient à la sortie du bateau. Mon hôtel n'offrait pas de service de navette. J'ai embarqué dans la voiture du premier chauffeur capable de faire deux phrases complètes en anglais. C'était spectaculaire, cette myriade d'étoiles qui semblaient briller simultanément dans le ciel d'un noir absolu et au loin dans la mer. Le fond de l'air chaud jumelé à l'odeur saline qui s'en dégageait enrobait mon cœur, maintenant attendri par les événements survenus sur l'île de Rhodes, si mystérieuse et envoûtante. Je gardais la fenêtre du véhicule ouverte et je m'abandonnais séduite par le silence. Les aiguilles de ma montre pointaient une heure trente à mon arrivée à l'hôtel. Ce lieu était sombre et peu éclairé. Pourquoi mon chauffeur m'avait-il laissé à moi-même constatant que l'établissement était désert, songeais-je? Je sonnais en vain. Je commençais à me demander ce que j'allais faire quand une voix derrière moi me fit sursauter :

— Bonne chance, ça fait vingt minutes que j'essaie moi aussi! Qui sait, auras-tu plus de veine que moi? supposa-t-il.

Je ne m'attendais pas à voir surgir un inconnu dans la pénombre de la nuit. Sa voix douce me rassura. Cet homme énigmatique devait mesurer environ un mètre quatre-vingt-dix. Il s'approcha à côté de moi et il me souriait. J'essayais de déceler un indice dans son accent pour supposer sa provenance. Je le trouvais séduisant avec ses cheveux longs en broussailles. J'avais presque le désir de me laisser séduire par lui tellement il semblait charmant et sympathique.

— Je suis Mathias de Bogotá.

— Je suis Kate, de Toronto.

Je tendis ma main vers lui.

— Ravi de faire ta connaissance belle étrangère! reprit-il en apposant ses lèvres sur ma main.

— Pareillement sympathique voyageur! Viens-tu de Rhodes toi aussi?

— Tout à fait! Je n'avais pas remarqué une si jolie femme sur le transbordeur!

— Charmeur! J'ai perdu espoir que l'on nous réponde... Cela m'est déjà arrivé à Barcelone d'arrivée en pleine nuit et de n'avoir personne pour m'accueillir, malgré de nombreux messages envoyés informant de la situation. J'ai la vive impression que nous sommes à la rue pour la nuit!

— Moi aussi je le pense! J'étais assis sur une chaise dans le jardin quand j'ai entendu une voiture arriver. C'était calme et le ciel y est incroyable. Je crois que nous serions plus à l'aise là-bas qu'ici ou dans la rue comme tu dis!

Il avait raison, c'était splendide. Nous passâmes la nuit étendue dans le coin bordé d'une piscine à nous laisser bercer par ce moment étonnant. Quel beau hasard, une rencontre fortuite entre une écrivaine canadienne et un journaliste colombien. Nous avions l'étrange impression de déjà nous connaître. La proximité entre nous lui donna l'envie de saisir naturellement ma main. Je me suis surprise à penser qu'il aurait pu m'inviter à m'allonger sur sa chaise afin que je puisse me blottir contre lui et enfouir ma tête dans ses épaules qui paraissaient confortables. N'était-ce pas l'objectif de mon voyage de profiter des belles choses de la vie? Nous ne réalisions pas à quel point le temps filait. Tout comme Mathias venait de le faire, je lui parlais de mon pays adoré, de mes divers voyages, des gens fascinants qui croissaient, sans cesse, mon destin.

Également, j'ai raconté ma récente rupture avec Pierre et de mon sentiment d'échec. De la pression sociale que les femmes ont de ne pas avoir eu d'enfant à l'aube de la quarantaine. Je lui mentionnais comment mon chien Lili égayait mes journées et m'avait sûrement sauvé d'une dépression. Il écoutait patiemment et semblait me comprendre. Il avait aimé ma réflexion suite à cette période :

— Un jour, si j'ai l'impression que la vie m'a jetée par terre, je me rappellerai que le soleil continue de briller au-dessus des nuages gonflés de pluie.

— Tu es sage Kate de Toronto. As-tu remarqué que ça fait une dizaine de minutes que la réception est ouverte?

À l'aube, nous découvrîmes davantage sur nos apparences physiques. Je savais déjà que Mathias était grand, mais je pus constater qu'il était un beau brun aux yeux marron. Il pouvait apercevoir que j'étais une blonde aux yeux verts avec approximativement vingt centimètres plus petite que lui.

Nous séjournions à cet hôtel pour deux nuits à Pereira avant d'emprunter de nouvelles directions. Le personnel était sincèrement désolé d'apprendre que deux clients avaient attendu à la belle étoile parce que George, l'employé de nuit, avait mis des bouchons dans ses oreilles pour dormir. Il osa nous reprocher de ne pas avoir suffisamment insisté. Il semblait surpris d'apprendre que nous n'étions pas un couple. L'imprévisible rend souvent un voyage divertissant. Une fois nos inscriptions complétées, Mathias me proposa que nous passions notre quarante-huit heures sur cette île ensemble...

— J'en dis que c'est une brillante idée! acceptais-je instinctivement avec grand plaisir.

— Crois-tu qu'avec un café, tu pourrais tenir la journée?

— Avec un petit-déjeuner, ce serait encore mieux, as-tu une suggestion en tête?

— Je pensais à cette excursion en bateau que George nous a mentionnée. Nous pourrions nous rejoindre ici à neuf heures trente, réaliser ton souhait de remplir ton estomac et ensuite partir découvrir ce lieu?

— C'est parfait pour moi, à tout de suite, monsieur Bogotá!

— J'adore les femmes spontanées, révéla-t-il en me donnant un baiser sur la joue qui me fit rougir.

Nous éprouvions une attirance certaine pour l'autre, et au lieu de me tourner vers les Grecques, un magnifique Colombien ferait une belle entrée de jeu dans mon désir de profiter de l'instant présent! Il deviendra un ami de passage ou une aventure de voyage... réfléchissais-je! L'idée me plaisait bien et je savais qu'il était surréaliste de penser nous revoir après la Grèce avec plus de quatre mille kilomètres qui séparent Bogotá de Toronto. Je n'espérais rien de sérieux. N'est-ce pas quelque chose de très féminin de vouloir définir toutes les situations à la place de se faire plaisir et de seulement s'amuser? Il est mieux d'éviter les pensées parasitaires, hier n'existe plus et demain n'existe pas encore... Je me plongeais dans le moment présent!

Ma chambre lugubre invitait à la fuir avec l'odeur nauséabonde qui s'en dégageait et son mobilier foncé désuet avec des rideaux bruns lui donnant l'austérité d'un vieux chalet démodé... Je me consolai en songeant que ça ne durerait que deux petites nuits. Au pire, je pourrais retourner dormir dehors, la nuit dernière était quand même bien!

Pendant que je me rafraîchissais, Mathias dut choisir parmi le nombre restreint de vêtements propres qu'il lui restait. Il déposa son linge sale à la buanderie sur la rue de l'hôtel et il vint m'attendre à la salle à manger. Il opta pour une table sur le bord de la fenêtre avec vue sur le jardin et la piscine qui fut charmante pour tous les deux. J'arrivai resplendissante avec mes cheveux coiffés de nattes portant par-dessus mon bikini, une robe de coton grise qui me donnait une allure décontractée. Nous étions à mille lieues de présumer que dix ans nous sépareraient!

— Tu es splendide Madame Canada! me complimenta-t-il en se levant et en soulevant son chapeau.

— Je te rends la politesse, Monsieur Chapeau!

Je me moquais de son chapeau de paille orangé que je trouvais hideux. Mathias prenait un malin plaisir à me taquiner avec mon sac de voyage pourvu d'un drapeau canadien. Il réalisait mon niveau d'affection envers mon pays après mon exposé de la nuit précédente.

— Et la feuille d'érable, est-elle tatouée sur ton corps?

— À toi de le découvrir!

Je n'allais pas lui mentionner que je la portais fièrement dans le bas de mon dos pour me rappeler d'où je venais avec la mention : fait au Canada.

— Intéressant!

Nous éclatâmes d'un fou rire. Je réalisais que j'étais à l'aise avec lui pour blaguer de la sorte avec lui. Le petit-déjeuner offrait une variété limitée et les saveurs fades n'invitaient pas à se resservir. Cela expliquait le pourquoi de sa gratuité! Georges nous pressa pour arriver à temps pour saisir l'autobus qui nous emmènerait au port. Mathias achetait des bouteilles d'eau pendant que je surveillais à l'arrêt. Nous n'étions pas les seuls à avoir pris cette excursion! Était-ce l'attrape-touriste par excellence que nous venions de choisir?

*****

Des voiliers abondaient à la marina de Thira. Dans la goélette « Liberty 2 », avec une cinquantaine de personnes, nous embarquâmes heureux de partir pour une journée de découvertes. Je trouvais l'accent de Mathias séduisant. L'astre du jour brillait de mille feux et le mercure oscillait dans les trente degrés Celsius, et ce à dix heures. J'en ai profité pour me rajouter de l'écran solaire de crainte de cuire.

— Avec un indice FPS de soixante, tu resteras blanche!

— Tu préfères brûler ta peau?

— As-tu déjà vu un « latino » avec un coup de soleil? Oublierais-tu mon beau chapeau, il est d'une grande utilité, il protège!

Je l'ai regardé du coin de l'œil le laissant être le libre arbitre de son corps.

— Pourquoi traînes-tu ta carte de journaliste?

— J'ai des reportages à faire. Je dois faire des mini-capsules durant mon voyage pour documenter ce que je découvre.

— Tu me dis que tu as une caméra dans ce sac minuscule?

— J'utilise mon cellulaire, la qualité d'images est surprenante.

— Est-ce que tu es financé pour faire ces documentaires?

— Par moi-même, il s'agit d'un projet pilote sur lequel je travaille. Si tu le désires, je te montrerai ce soir les tournages que j'ai faits en Turquie.

Je l'écoutais avec beaucoup d'attention, il me raconta qu'il avait passé trois semaines à découvrir la Turquie avant de poursuivre en Grèce. Il avait filmé une vingtaine de chroniques web et avait alimenté un blogue voyage, qui gagnait en popularité grâce à son contenu et son originalité.

— Je suis bien curieuse de voir cela, qu'en est-il du concept?

— Un genre de « lonely planet », tu sais les guides voyages papiers, mais cette fois Internet!

— Tu as appelé ces capsules « Lonely Mathias »?

Je trouvais ma blague facile et dépourvu d'intelligence.

— Le nom reste à définir. Elles sont disponibles sur ma page Internet.

Il me serra affectueusement contre lui et apposa ses lèvres sur mon front.

À cet instant, je réalisai que nous nous souvenons d'une personne qui touche notre cœur, mais nous ne pouvons oublier, celle qui touche notre âme. Il venait solidement de stimuler mes sens... comme si une pluie d'étincelle s'emparait de mon intérieur, allumant ma créativité. Je sentais ma tête bourdonner d'une idée brillante pour mon prochain roman. C'est apparu ainsi, l'instant d'un câlin!

La mer était à l'opposée de ce que je vivais en dedans... elle s'avérait calme. Nous approchions de la première halte; le volcan actif. J'étais obnubilée par le vent dans mes cheveux, le souffle de Mathias dans mon cou et le silence comblant ce moment magique. Abandonne-toi dans cette douceur et saisis la spontanéité de ce voyage pour inspirer les pages d'un roman formidable, pensais-je. Nous semblions bien assortis car personne sur le bateau ne se doutait que nous nous connaissions depuis quelques heures. Mathias posa ses lèvres sur ma tempe et s'empara de ma main pour m'aider à me lever. Avec le soleil qui brillait dans ce ciel d'un bleu authentique, la mer foncée et ces gens heureux, je me souciais seulement d'en profiter avec cet homme fascinant qui m'attirait de façon démesurée. Une goutte de chaleur longea mon dos.

— Allons-y Kate, découvrons ce site!

C'était une île rocailleuse au large de Santorin. Des fleurs sauvages jaunes parsemaient le sol aride en cette période de l'année. Une horde de touristes débarquaient pour gravir ce volcan : Mathias repéra un endroit charmant avec l'île principale en arrière-plan et il amorça une vidéo avec un bras télescopique pour lui donner une distance avec la caméra de son téléphone cellulaire et aussi plus de stabilité.

Santorin mythe et beauté sans pareil! Aujourd'hui, je visite l'archipel de Santorin dans la mer des Cyclades. Je me trouve sur un volcan actif, vous voyez, si je gratte un peu le sol, vous pouvez apercevoir un peu de fumée qui s'y échappe! Ça sent le soufre (il apporta ses doigts près de son nez) et la surface est chaude! Ce serait ici qu'aurait habité la civilisation évoluée minoenne qui a existé entre 2700 et 1200 av J.-C.. Une éruption volcanique qui créa un tsunami avec des vagues allant jusqu'à cent mètres de haut provoquant la destruction du peuple, plus de mille ans avant J.-C.. Platon avait manifesté dans la Timée le mythe de l'Atlantide. Les historiens ont commencé à s'intéresser à la possibilité d'une réalité au moyen-âge. Cette cité engloutie a été cherchée en vain par des explorateurs chevronnés, dont le capitaine Cousteau. J'ose croire qu'un monde évolué y a vécu. Un secret qui appartient à la mer et à ce peuple... Ici Mathias Ortiz dans l'ombre d'une touriste...

— C'est brillant ce que tu viens de faire! prononçais-je admirative.

Je découvrais que Mathias était non seulement un bel homme, mais il semblait cultivé. J'avais adoré sa capsule et j'avais hâte d'entendre la suite.

— Merci, je voyais ton reflet quand je tournais, ça m'a donné l'idée de la nommer en ton honneur.

Mathias se filmait avec en arrière-plan, il imageait ce qu'il mentionnait. Avec mon ombre qui paressait discrètement, il appela spontanément son projet : dans l'ombre d'une touriste. Brillant! J'achetais son concept, comment pouvais-je en penser autrement, puisque j'avais l'impression de faire partie intégrante de ses chroniques. C'était flatteur! Il écrivait des informations additionnelles dans son blogue, il ajoutait des clichés et ces vidéos captés sur le vif s'y retrouvaient également. Aucune photo n'arrivait à faire ressortir l'authenticité et la beauté surprenante du site. J'apprenais à découvrir un Mathias consciencieux, intelligent et drôle à travers son travail et il devenait un guide touristique inspirant.

Assis sur un rocher, nous regardions l'horizon cherchant à recréer cette fin atroce qui provoqua la disparition d'une civilisation. Nous réalisions la fragilité de la nature. Nous nous sommes blottis naturellement tout en contemplant ce spectacle et en souhaitant ne jamais en être témoin d'un tel chaos.

— Nous avions un homme admirable au Canada, lui dis-je afin de partager mes pensées sur Jack Layton, un politicien qui est décédé suite à une lutte acharnée contre un cancer. Ça me rappelle son dernier message au peuple. Il disait, l'amour est plus fort que la colère, l'espoir est plus fort que la peur, l'optimisme est plus fort que le désespoir, ensemble, cultivons, l'amour, l'espoir et l'optimisme et nous changerons le monde. Malgré toute la volonté des hommes, on ne pourra jamais combattre les désastres de la terre...

— Il disait vrai. Il regarda ma montre et me lança : allez, nous avons quinze minutes pour retourner au port!

Je déplore cela des tours organisés, ça coupe l'ambiance. Je serais restée en haut du volcan, car c'était paisible et la vue sur trois cent soixante degrés était prodigieuse. Nous devions regagner le bateau afin de continuer l'excursion. Main dans la main, tous deux souriants du plaisir commun d'avoir rencontré une personne unique avec lequel partagé un tel moment à l'autre bout du monde nous avons trouvé moins éprouvant la descente du sentier que l'ascension de la *caldera*. Cela a pris dix minutes pour arriver au port dans lequel était cordée une trentaine de voiliers. Nous poursuivions vers les sources d'eau chaude qui était à une dizaine de minutes du volcan. Avec la température qui oscillait alors dans les quarante degrés Celsius, je me suis jetée dans la mer qui paressait glaciale à cause de l'écart de chaleur avec mon corps. Nous devions nager une soixantaine de mètres afin de les atteindre. J'ai défié Mathias de me rejoindre illico.

— Allez, Mathias, ne fais pas la poule mouillée!

— Je suis bien ici, je vais t'attendre.

— Viens avec moi, s'il te plaît! le suppliais-je.

Il hésita avant de se lancer à l'eau, son orgueil l'empêchait de révéler qu'il était un piètre nageur.

— Pourquoi ne pas me l'avoir dit?

— J'ai une fierté à préserver! Ne sais-tu pas que tous les hommes forts n'aiment pas s'avouer vulnérables devant une jolie femme?

Je lui ai suggéré de rester proche de moi, et qu'ensemble, nous y parviendrons. Mathias nageait avec difficulté. Il s'en sortait bien malgré son inexpérience. L'eau bleue cristalline se réchauffait et elle devenait visqueuse à l'approche des rochers. C'était peu profond, nos pieds glissaient sur les rocs, nous pouvions facilement nous blesser. Ce fut un moment de repos mérité pas seulement pour nous, également pour ces gens qui avaient défié la mer agitée au départ. Nous nous sommes laissés flotter un instant avant que Mathias me saisisse par la taille pour m'offrir notre premier baiser que je désirais depuis des heures. Dans une eau chaude entourée par une végétation luxuriante, nous nous sommes abandonnés à la spontanéité d'un premier échange enflammé. Je trouvais que cette scène ressemblait à celle d'un film d'amour dans lequel j'incarnais l'actrice principale. Je venais ainsi de définir les premières lignes de mon prochain roman qui allait s'appeler : Juin. Je me suis questionnée à savoir si je n'acceptais pas de passer du temps avec lui, juste pour retrouver mon imagination! Mathias m'allumait comme rarement un homme l'avait fait. C'était enivrant et j'en désirais davantage de ce sentiment d'exaltation... Tous mes sens étaient allumés. À reculons, nous avons regagné la goélette. J'en voulais encore de ses lèvres pulpeuses.

Il nous restait une dernière escale sur la quatrième île de l'archipel à être habité. Nous allions manger avant de retourner au point de départ. Un restaurant ravissant qui proposait des produits de la mer capta notre attention. Nous nous installâmes au deuxième étage, car la vue y était encore plus agréable. Il me tenait la main et nos regards brillaient en l'absence de conversation. J'étais curieuse et je voulais en apprendre davantage sur Mathias. Devant un repas savoureux de langoustines, arrosé par un vin blanc sec, je brisai le silence.

— Mathias, raconte-moi ton cheminement.

— C'est le profil type! J'ai obtenu mon diplôme en journalisme à vingt-et-un ans. J'ai fait partie de la sélection des étudiants pour suivre le président colombien à Washington pour dix jours. Je sortais pour la première fois de l'Amérique du Sud. Georges W. Bush présidait à cette époque.

— Pas Bébé Bush? blaguais-je, ne raffolant pas du personnage politique.

— Oui, celui-là! Tu sais qu'il a un sens de l'humour ce Georges? Il nous avait accueillis vêtu d'un drapeau colombien et il avait fait une blague en Espagnole. Nous ne pouvions croire qu'il plaisantait jusqu'au moment qu'il le mentionne! Il nous a bien eus. À mon retour, j'ai fait de nombreux boulots comme pigiste. Et un jour, on m'a proposé d'arpenter les quartiers dangereux de la ville et trouver des histoires sanglantes. À la rigueur, je dirais qu'il fallait être cinglé ou téméraire pour le faire. Grâce à cela, j'ai commencé à obtenir une notoriété et une chaîne de télévision locale m'a repérée et m'a offert de continuer ce que je faisais déjà avec une caméra. Je filmais trois récits par nuit et les matins, mes reportages étaient diffusés.

Je l'écoutais attentivement tout en observant ses yeux et son sourire.

— Tu as un parcours de vie touchant.

— Mon corps et également ma santé psychologique n'en pouvaient plus. J'ai démissionné après la deuxième année. Avec du recul, je crois que mon émission a aidé à diminuer le taux de criminalité. Je suis allée explorer le domaine de la radio et voilà, je suis chroniqueur politique depuis ce jour. J'aime bien détendre l'atmosphère et m'amuser quand c'est possible. Je n'oublierai pas lors d'une conférence de presse l'épouse du président portait une robe bleue et j'ai demandé, M. Président, sauf tout le respect que je vous dois, jouez-vous Monica et Bill dans vos bureaux aujourd'hui? Toutes les personnes présentes ont eu un fou rire!

Je l'écoutais obnubilé surtout par ses lèvres. Il semblait apprécier ses langoustes qu'il mangeait avec appétit. Je crois qu'il s'est aperçu que parfois j'avais de la difficulté à suivre la conversation.

— Toute une vivacité d'esprit, jamais je n'aurais osé poser une telle question! À quoi aspires-tu maintenant?

— Comme tous journalistes, j'espère trouver la « grande nouvelle » qui me propulsera haut. D'autre part, j'aimerais visiter tous les pays du monde et les faire découvrir aux gens, comme je le fais avec mon concept vidéo.

— Levons notre verre à ce beau projet!

— Je lève le mien à cette formidable rencontre de la nuit dernière! Je passe une magnifique journée en ta compagnie.

Il s'approcha de moi pour échanger un second baiser rempli de promesses. Sur le chemin du retour, ses baisers devinrent de plus en plus fougueux. Il dirigea la suite des événements en m'invitant timidement dans sa chambre. Je découvris qu'elle était aussi moche que la mienne avec un lit pourvu d'un matelas dur et inconfortable lorsque la porte se referma, nous devînmes deux adultes avides de plaisirs charnels, pour ma part ayant été trop longtemps privée d'une saine sexualité. Le regard profond de Mathias me faisait sentir femme, j'explosais de désir pour cet homme.

Nos vêtements volèrent dans toutes les directions pendant que nos corps brûlants s'harmonisaient afin de nous catapulter dans un monde d'extase. Nos odeurs entremêlées nous enveloppaient et notre passion s'intensifiait. Mon cerveau semblait déconnecté et des larmes de bonheur coulaient sur mes joues. Nous venions de faire l'amour à deux reprises, lorsque Mathias a rompu ce moment de béatitude pour proposer de poursuivre cette belle soirée en allant dans l'est de l'île à Oia pour admirer le crépuscule et par le fait même y casser la croûte. Je découvris un Mathias attentionné.

*****

Les aiguilles de ma montre pointaient dix-huit heures quand nous louâmes un véhicule récréatif pour prendre la direction vers la pointe Est de l'île réputée pour son coucher de soleil. Je serrais fort Mathias, ce chauffeur téméraire inexpérimenté qui semblait bien s'amuser. J'espérais pouvoir conduire au retour, car j'étais trop jeune pour mourir!

Le chemin en terre battue qui longeait l'eau entre Périssa et Oia était magnifique. L'astre lumineux s'approchait de la mer qui la faisait miroiter encore plus azur. De voir ces maisons traditionnelles blanches avec des toits bleus en arrière-plan, subjuguaient nos regards et de humer cette flore sauvage était un pur délice pour l'esprit. Certains villages juxtaposés sur le haut des falaises apportaient un beau relief au paysage parfait.

Ce qui m'obsédait le plus, c'était de sentir l'eau de Cologne de Mathias, il dégageait l'homme viril. Il avait les cheveux humides et sa barbe de quelques jours, lui donnait un charme très à la mode. Ç'a pris une demi-heure pour arriver à temps pour le coucher de soleil, reconnu partout dans le monde pour être l'un des plus romantiques. Une foule de gens avait eu la même idée que nous et s'entassait dans les ruelles et sur les terrasses des restaurants. C'était agréable de seulement marcher dans ce lieu artistique qui offrait non seulement de beaux paysages, mais aussi des boutiques charmantes de tous les genres. Une librairie vendait des livres de seconde main, elle s'appelait : Seconde chance pour l'amour! Je suis allée vérifier en vain si mes romans s'y trouvaient.

De nombreux chats se promenaient librement et ils semblaient tous s'entendre entre eux. Je prenais d'incroyables photos pendant que Mathias s'installait pour sa deuxième capsule de la journée avec en arrière-plan l'eau et une parcelle du village démontrant la popularité du site. Il y avait une musique grecque qui donnait le ton à ce moment mémorable.

Oia qu'on prononce « IA » est cette image emblématique que tous les gens ont des îles grecques. Des maisons blanches, peintes à la chaux pour la plupart, avec des toits bleus entre mêlées par de multiples clochers d'églises orthodoxes. Ce petit village situé sur le bord d'une falaise dispose d'une vue spectaculaire; la Caldeira, le volcan sur lequel je me trouvais ce matin. Les ruelles dallées de marbres témoignent de la richesse du passé, elles sont vivantes, bondées de commerces de tous genres pour le plaisir de tous.

Comme vous pouvez le constater, ça ressemble à un tableau. Ce lieu est l'endroit tout désigné pour y admirer le coucher de soleil (il pointa l'objectif de sa caméra vers la mer). Tous les soirs, les amoureux et les vacanciers se réunissent ici afin de contempler ce spectacle d'un jour qui se termine laissant place à une nuit qui s'amorce tout en douceur dans un grand ciel bleu... foncé! C'était Mathias Ortiz qui marche dans l'ombre d'une touriste... avec Kate Westfield du Canada.

— Encore une fois, bravo! Je me sens flattée que tu m'aies nommé... Quand vas-tu la mettre en ligne?

— Un peu plus tard ou demain matin. Je pourrais prendre tes photos?

— Ça me ferait plaisir! Je suis ravie de faire partie de ces vidéos de façon discrète! Mentionnais-je le cœur heureux.

— Tu es ma muse, chère Canadienne! Aimerais-tu participer avec moi à ce projet, du moins pour le temps que nous passerons ensemble?

— Pourquoi pas? Je ne sais pas trop ce que je pourrais apporter, mais l'idée m'enchante!

Nous avons continué d'admirer l'horizon un moment, qui était maintenant envahi de points blancs. Il s'agissait des nombreux bateaux de croisières qui étaient amarrés au loin. Les étroites rues dallées débordaient de touristes. Nous avons déniché un restaurant coquet au centre du village dans laquelle jouait de la musique traditionnelle. C'était vieillot, mais rempli de charme, il y avait une vingtaine de tables entassées avec sur chacune d'elle une bougie qui invitait au romantisme. Mathias me regardait avec ardeur, la proximité me plaisait. Nous semblions en osmose dans la bulle de l'autre. Nous avons été peu originaux en optant pour la même assiette, du poisson frais et des légumes, arrosés d'un vin blanc.

— Kate, c'est possiblement précoce de dire cela, mais tu es la plus belle rencontre que j'ai faite jusqu'à présent dans ce voyage! Tu me donnes le goût de me surpasser et l'inspiration est naturelle à tes côtés!

— C'est gentil, j'en suis touchée! Étions-nous prédestinés? Quel hasard surprenant qu'un journaliste et qu'une écrivaine se croise en pleine nuit dans un hôtel miteux et que quelques heures plus tard, ils prennent en savoureux repas dans un lieu paradisiaque!

— Tout à fait! Demain, j'aimerais visiter un vignoble et aussi la plage de sable noir voisin de l'hôtel. Qu'en dis-tu?

Il apposa ses lèvres délicatement au-dessus de ma main tout en me fixant du regard comme pour s'assurer d'une réponse positive. Nous avons levé notre verre à cette journée exceptionnelle qui était encore loin d'être terminé.

Il était passé minuit lorsque nous sommes rentrés. C'était le silence absolu avec un ciel d'encre rempli d'étoiles. Mathias se rapprocha langoureusement, il me suggéra ironiquement :

— Chez toi, ou chez moi?

— Espèce de macho! Ça sera chez moi... Ça sent déjà l'« I love you » chez toi!

— L'« I love you », tu as de drôles d'expressions madame Kate! Alors, allons parfumer la tienne de cette odeur charnelle. Proposa-t-il avant d'éclater d'un fou rire.

J'avais l'impression que ça fait des lunes que je ne m'étais pas sentie aussi bien. Nous nous embrassâmes tels deux adolescents tout en montant au deuxième niveau où se trouvait ma chambre. Ça empestait encore le renfermé. Il fallait grimper à la mezzanine pour arriver à mon lit qui était aussi inconfortable que celui de Mathias.

— Ce n'est pas tellement mieux que la mienne... Mais tu sais quoi?

— Tais-toi et embrasse-moi comme si demain n'existait pas!

Mathias cessa de parler et il apposa ses lèvres sur mon front, puis sur mes joues et il descendit dans le cou... il me déshabilla lentement pendant que je vibrais de tout mon être. Nos deux corps chauds abreuvés d'amour voulaient se posséder et conjuguer leurs désirs au gré d'un récit poétique érotique. Il embrassait avec fougue. J'en perdis l'esprit et le suppliai de me prendre comme il ne l'avait jamais fait. Nous passâmes une nuit torride à peu dormir, réveiller spontanément par l'attirance physique puissante entre nous. Nous venions de découvrir l'extase sous sa forme la plus lascive. Nous formions une unité parfaite et nos cœurs battaient à l'unisson. Je me surprenais de m'abandonner si facilement avec un étranger... Je me sentais femme comme jamais auparavant. C'était ça la magie de l'instant présent!

Au matin, je réalisai à quel point je le désirais encore et encore. Je le connaissais à peine et j'aurais été presque prête à le suivre n'importe où. J'étais confortablement blottie dans ses bras et je le regardais sommeiller. Je le trouvais mignon sans ses lunettes. Ses yeux commencèrent à cligner et il me fit un sourire en coin...

— Qui es-tu, belle étrangère? s'enquit-il en s'approchant pour m'embrasser.

Ça me fit rire!

— Je suis Kate, la déesse de la nuit, celle qui ensorcelle ton esprit lorsque tu dors!

Il me flatta les cheveux pendant que nous fixâmes le plafond qui avait besoin d'être repeint... Il enchaîna :

— On s'est fait rouler, nos chambres sont moches Kate du Canada! Préparons-nous pour la plage et fuyons ce lieu.

— Le plan de la journée me convient, après avoir pris une douche et bu un café.

— On se retrouve à la réception dans une quinzaine de minutes? Lança-t-il en me donnant un baiser rapide en attendant de s'être brossé les dents pour un plus ardent.

Il y a quelques jours, j'étais déprimée et je ne savais plus dans quelle direction allait ma vie. C'était facile de m'engouffrer dans un mode sécurisant en espérant que tout s'améliorerait comme par magie. Subitement, parce que j'acquiesçai à lâcher prise et à m'ouvrir à la spontanéité du moment, tout semblait se placer et mon esprit créatif redevenait en ébullition. Évidemment, ma rencontre fortuite avec Mathias en était pour beaucoup.

N'est-ce pas la résilience qui pousse les gens à accepter les épreuves de la vie en grandissant sans fin vers un bonheur infini? Tant que cet engrenage n'est pas mis en route, nous ne pouvons pas être entièrement heureux, même si tous les éléments du bien-être sont réunis. Parfois, il ne faut pas chercher le chemin du bonheur... car le bonheur est le chemin!

Chapitre 4

La plage de sable noir fascinait Mathias qui n'avait jamais vu cela auparavant. Il avait l'air d'un gamin, ébloui par cette découverte. Nous choisîmes de nous installer sur une chaise longue sous un parasol. Nous regardions les commerçants ambulants qui proposaient des lunettes fumées, des bijoux et des vêtements. Mathias qui détient un sens pratique voulut m'offrir un chapeau qui ressemblait étrangement au sien. Je le mis sur ma tête quoique je le trouvais affreux! J'étais surprise de me rendre compte que malgré l'absence de protection solaire la veille, il n'avait pas rougi.

Il voulut s'installer avant que la chaleur ne se fasse trop intense pour filmer une vidéo de cette plage. Progressivement, toutes les chaises devenaient occupées. Les serveurs s'activaient pour s'assurer que les gens consommaient soit quelque chose à boire ou à manger pour bénéficier gratuitement de ce confort. Mathias me nomma officiellement la cameraman du projet. Il me donna les consignes de ce qu'il voulait que je capte avec l'objectif de sa caméra. Je débutais avec en arrière-plan les restaurants en bordure de la promenade piétonnière remplis par tous ces gens souriants et progressivement, nous allions le voir avec la mer derrière lui avec un accent final sur ses pieds dans le sable. Il portait une chemise colorée et son chapeau. Il était difficile à manquer. Malgré ma proposition de l'enlever, il persista à dire qu'il lui allait à ravir.

Perissa, sur l'île de Santorin, c'est des plages de sables fins noirs à perte de vue bordée d'une mer cristalline aux eaux peu profondes (la prise de vue montrait au loin cette étendue sans fin turquoise centrée par une dune grise obscure). Étant une île volcanique, voilà l'explication de sa couleur foncée. C'est chaud pour les pieds et unique pour le regard (je filmai ses pieds dans le sable)! Mesdames, vous serez heureuses d'apprendre que les marchands se rendent à vous pour proposer ce qui se trouve dans les boutiques souvenirs (comme par magie, des représentants itinérants passaient au même moment et ils envoyèrent la main). Vous pourrez jouir de ces chaises longues en achetant de la nourriture ou encore mieux un bon rafraîchissement comme la populaire bière Mythos auprès des serveurs dévoués qui font les allers-retours avec leurs restaurants. Que vous soyez en famille, en couple ou solitaire, cet endroit différent saura vous plaire! Je dois vous quitter, car un massage avec cette vue imprenable m'attend! Ici Mathias Ortiz dans l'ombre d'une touriste!

J'avais apprécié collaborer à sa capsule, cela me donnait l'impression d'être importante. Nous ne nous fîmes pas prier pour ce moment de détente. Il choisit une Chinoise qui parlait un anglais incompréhensible et moi Sacha, un Bosniaque qui passait six mois par année sur l'île et l'autre moitié de l'année, aux îles Canaries au large de l'Espagne. Il lui avait dit à la blague de faire gaffe car il était juste à côté! Nous nous laissâmes aller au gré des mains d'étrangers sur nos corps et au son des vagues. C'était relaxant! Je me suis demandé si je rêvais... Mathias représentait mon inaccessible que je rendais possible, et le plus beau dans tout cela c'est qu'il était tout à moi pour encore trente heures! Aussi bien en profiter. Et si mon prochain roman était cette rencontre fortuite entre une écrivaine et un journaliste? Voilà comment est née l'idée de ce livre. Ce qui débuta comme une trame pour un film d'adolescente devient une histoire rocambolesque.

Mathias était si reposé que nous l'entendions ronfler. Avait-il oublié de garder l'œil sur Sacha? Quand l'heure s'acheva, nous étions huilés comme les athlètes qui font des concours de musculation.

— Tu es luisant comme un miroir, allons nous nettoyer dans la mer avant que les gens ne viennent se regarder de près.

— Je suis au paradis! affirmait Mathias en s'approchant de moi pour m'embrasser.

Ses tendres lèvres provoquaient une émotion qui me parcourait le corps en entier. Main dans la main, nous nous dirigeâmes dans cette étendue d'eau bleu sarcelle. Le fond était un rocher quelque peu glissant. Je me laissais flotter dans les bras de ce super journaliste. Le ciel était sans nuages et le soleil puissant nous surplombait. Je commençais à réaliser que nos chapeaux avaient réellement une grande utilité. Nous restâmes un instant portés par la mer calme avant de retourner à nos chaises où nous nous endormîmes paisiblement pour près d'une heure. Mathias se réveilla le premier. Ce fut plus fort que lui, il toucha le bout de mon nez de son doigt. J'ouvris lentement mes paupières, tout était parfait!

— Qui êtes-vous bel homme? Le questionnais-je pour reprendre sa réplique.

— Je suis votre humble serviteur pour assouvir tous vos désirs! Profites-en ma belle, il reste encore de belles heures au paradis!

— Qu'arrivera-t-il après? Vous transformerez-vous en loup-garou?

J'avais l'impression d'avoir récupéré de nombreuses heures. Tout était simple et spontané entre nous. Nous nous baignâmes à nouveau et prîmes un repas sur la plage avant de regagner nos chambres pour nous décrasser et se préparer pour aller au vignoble. Nous passons notre vie à chercher le grand amour, le seul, l'ultime et quand il nous tient, nous avons parfois de la difficulté à le croire... j'étais définitivement amoureuse de moi et séduite par ce jeunot!

Mathias rejetait tous liens d'attachement émotifs, car il avait été éclopé. Il avait cumulé les aventures, mais jamais il n'avait ouvert la porte de son cœur. Étais-je seulement un flirt de vacances qu'il oublierait rapidement? songeais-je voulant m'y refuser souhaitant plutôt qu'il ne m'oublie jamais car tous ces moments de bonheur, moi, je sais, que je ne les oublierai jamais!

Nous nous retrouvâmes trois quarts d'heure plus tard au lobby. Mathias semblait être ravi de me voir arrivé. J'avais opté pour une délicate robe blanche qui faisait ressortir les couleurs prises ultérieurement dans la journée et à voir ses yeux briller ainsi, elle devait même être un peu transparente. Mes cheveux, encore humides, étaient légèrement frisés et je portais mes nouvelles lunettes de soleil achetées en matinée à la plage. Mathias n'était pas mal non plus avec son bermuda beige et sa chemise en lin, nous avions l'air de parfaits touristes.

— Tout sur toi est magnifique sauf cette chose! Me taquina-t-il en pointant mon sac avec le drapeau canadien.

— Avoue donc que tu rêves d'en avoir un aussi et tu n'en trouveras jamais par ici, lui répondis-je pour avoir le dernier mot.

— Oui, quelle tristesse, j'en meurs d'envie, madame fait au Canada, dit-il avec sarcasme!

— Je peux conduire?

Je lui proposai, ne voulant pas le froisser, souhaitant être au guide de ce véhicule récréatif.

— Laisse-moi faire, je suis l'homme.

— Macho Man, vous êtes tous les mêmes!

— Moi macho?

— En tout cas, je ne peux t'appeler Monsieur Galant!

Je lui donnai affectueusement une tape sur les fesses. Nous prîmes la route vers un vignoble qui avait été recommandé par les gens de l'hôtel à Pyrgos dans le centre de l'île, le Santowines. Nous optâmes pour le tour guidé et la dégustation de cinq vins. C'était à couper le souffle.

Mathias s'installa sur le belvédère duquel nous avions une vue simultanée sur le vignoble et sur cette mer qui se déployait dans l'infini. L'astre lumineux du jour resplendissant et son miroitement accentuait un reflet dans les cheveux noirs de Mathias le rendant encore plus beau. Il me donna les consignes et me demanda de commencer à filmer avec la prise de sa main sur son verre de vin avec une vigne derrière. J'étais impressionnée par sa capacité d'apprendre d'un lieu et à bien le verbaliser en si peu de temps. Il s'était activé la nuit dernière pour mettre ses capsules en ligne et faire les mises à jour de son blogue sans que je puisse m'en apercevoir.

Santorin, île au climat exceptionnel et au sol volcanique spécial lui permettant de cultiver des cépages de qualité remarquable avec des arômes uniques au monde. En se déplaçant sur l'île, on constate des vignes à l'intérieur des terres. On m'a conseillé d'en faire la visite pour le plus grand plaisir de mon palais et aussi de mon regard (dit-il en levant son verre et en le portant à sa bouche pour en prendre une gorgée avant de montrer le lieu majestueux). Ici, la production de vin est une tradition vieille de plus de 3 500 ans. Avec des conditions climatiques assez extrêmes : très peu de pluie, mais des brumes marines humidifient les vignes toute la nuit avec une forte exposition au soleil agrémenté des courants d'air déchaînés. Les viticulteurs ont cultivé une technique particulière. Les vignes sont disposées en anneaux sous forme de spirale qui forme les « corbeilles ». Les grappes se développent à l'intérieur et sont ainsi protégées du vent. Le « Vinsanto » est le nectar blanc doux en vedette depuis l'Antiquité. On récolte les raisins qui sont séchés sur le sol ou la paille pendant plusieurs semaines. Par la suite, le vin est vieilli en barriques pendant quelques années. Je me trouve au Vignoble Santowines dans le village de Pyrgos, qui dispose d'une terrasse et d'une vue exceptionnelle sur la Caldeira. Vous pouvez déguster des vins délicieux ou si ça vous chante, vous pouvez venir y célébrer votre mariage! (Je filmai des chats qui se promenaient sous la pergola et terminai la prise avec une fillette qui flattait un chaton posé sur ses genoux.). Ici Mathias Ortiz qui vous dit « Yamas » dans l'ombre d'une touriste.

— Sais-tu que plus je te connais, plus tu me surprends! Je trouve impressionnant que tu sois capable de tout mémoriser et de composer un texte intéressant en si peu de temps. Tu as un immense talent! Y a-t-il un domaine dans lequel tu n'excelles pas, lui dis-je avec une voix plus enjôleuse. Il y avait cette petite fille et je n'ai pu résister à l'envie de la filmer, car elle était adorable.

— J'ai beaucoup de plaisir à faire ces chroniques. J'aimerais les porter à un autre niveau.

— Tout peut arriver! Mark Twain citait : ils ne savaient pas que c'était impossible, alors ils l'ont fait. Dans le fond, cela veut dire que pour réussir dans la vie, nous avons besoin de l'ignorance, de la confiance et de la détermination.

— Tu n'es pas seulement un joli minois, tu es aussi une femme brillante.

Mathias me révéla qu'il se surpassait depuis deux jours. Il était particulièrement fier de ce qu'il produisait et de voir que je l'admirais décuplait son élan artistique. Il appréciait que je le libère de sa caméra et que je filme pour lui, cela donnait de la stabilité à ses images et lui permettait de se concentrer sur le contenu. Nous formions une belle équipe!

Nous savourâmes nos derniers verres sur la terrasse qui surplombait la mer. Ce moment empreint d'un grand romantisme concluait une seconde journée idyllique. Nous achetâmes une bouteille de vin pour la déguster en fin de soirée et tranquillement sur notre véhicule récréatif, nous reprîmes la direction de Perissa en arrêtant une quinzaine de minutes à la plage de sable rouge pour assouvir notre curiosité. Nous soupâmes chez le seul restaurant indien de l'île qui se situait à deux pas de l'hôtel. Ce fut délicieux.

Déjà le lendemain je quittais pour Thessalonique et la Macédoine, où j'avais loué cette maison près du bord de la mer à Nea Plagia. Tandis que Mathias se retrouverait sur l'île de Mykonos pour compléter ses recherches à propos de la civilisation minoenne avant de regagner Bogotá.

— Explique-moi comment un homme comme toi peut demeurer célibataire si longtemps.

— C'est une longue histoire... coupa-t-il pour changer de sujet.

— Mathias, j'ai tout mon temps!

J'étais curieuse d'en apprendre plus sur celui, que je trouvais, de plus en plus épatant.

— Disons que je peux résumer que l'amour fait mal et je préfère m'en tenir loin!

— Tu crois vraiment ce que tu dis? Tu as dû souffrir terriblement pour parler ainsi...

— Ce que je pense m'appartient, reprit-il sèchement...

Je fus surprise par le ton brusque de sa réponse, lui qui était d'emblée si calme et si doux.

— Où as-tu mis ta gentillesse et ton sens de l'humour?

— Ne cherche pas à m'analyser! Jamais je n'aimerai... Jamais! C'est simple, non! Qu'est-ce que tu ne comprends pas là-dedans?

— En quelques jours, j'ai découvert, un homme incroyable, sensible et attachant que dirais-tu de dire adieu au passé qui t'empêche de vivre... tu pourrais te tourner vers l'avenir. Si tu as assez de courage, tu auras la capacité d'accomplir de grandes choses et devenir heureux!

Je me suis levée.

— Je réalise que tu es un peureux, c'est dommage, je te pensais presque parfait.

J'ai déposé plus d'argent que nécessaire sur la table pour payer ma partie en prenant la direction de ma chambre déçue que d'aussi beaux instants se terminent sur une telle note.

— Bonne nuit et bonne route! ajoutais-je peiné par ce changement soudain d'attitude.

Mathias resta figé. Il semblait ne pas avoir apprécié se faire confronter sur les éléments douloureux du passé. Il avait aimé jadis... mais Erika était tragiquement décédée le jour de son vingtième anniversaire. Elle avait conduit sa voiture avec les facultés affaiblies et l'inconcevable arriva. Elle en perdit le contrôle et frappa un mur de béton. Mathias n'avait jamais accepté cette fin abrupte et il préférait renoncer à l'amour de crainte de souffrir à nouveau.

Il venait d'expérimenter une forme de rêve éveillé avec moi, mais il savait qu'à notre réveil le lendemain, tout serait terminé. Celui qui vit dans le passé n'a pas d'avenir! Il faisait face à une réalité, il le voyait clairement, qu'il était seul! Il avait aimé, il avait ri et il avait pleuré... Des regrets, il en cumulait quelques-uns, quand même, trop peu pour mentionner sauf celui d'avoir créé un mécanisme de sabotage pour faire fuir les femmes. Un mécanisme si puissant qu'il se disait que celles qui ne fuyaient pas ne devaient pas être saines d'esprit, alors, c'est lui qui devait se sauver! Il avait eu trop de larmes dans son cœur. Il l'avait fermé pour les mauvaises raisons. Il rencontrait des compagnes en voyage, car elles n'étaient pas menaçantes, ça ne pouvait pas fonctionner.

J'étais assise dans la salle à manger et je savourais lentement un café quand il est rentré dans la pièce. Nous avions de la peine au cœur mais des étoiles dans les yeux, confirmant qu'il existait quelque chose entre nous et que nous venions sûrement de vivre un fâcheux malentendu.

— Je te demande pardon pour hier soir... lui dis-je timidement. Je n'aurais pas dû insister quand clairement, je réalisais que tu ne voulais pas en parler.

— C'est à moi à te demander pardon ma belle, je n'aurais pas dû être caustique avec toi. Je réalise que depuis dix ans, je me mens à moi-même. J'espérais te revoir, ne serait-ce que pour m'expliquer et m'excuser. Je t'ai vu partir déçu de moi et je n'ai pas cherché à te retenir. Kate, quand tu mentionnais de dire adieu au passé, est-ce que tu t'adressais seulement à moi ou également à toi?

Je m'arrêtai quelques secondes pour y réfléchir avant de lui répondre.

— Peut-être à nous deux! Pourquoi ne viendrais-tu pas avec moi en Macédoine. J'y ai loué une maison avec vue sur la mer, on pourrait découvrir ce coin de pays et poursuivre nos chroniques. Qu'en penses-tu?

J'étais surprise de lui avoir suggéré de vivre la spontanéité du moment présent avec moi. Je ne voulais pas que ça s'achève ainsi dans cet hôtel merdique de Santorin. Puisque nous avions bien du plaisir ensemble, j'espérais faire perdurer ces bons instants.

— J'aurais bien aimé! Mais je dois rentrer en Colombie, mes vacances sont presque terminées et je dois reprendre le travail dans cinq jours.

— Si jamais tu changes d'avis, je serai à Nea Plagia jusqu'à la fin du mois à la Villa Helena. Nous pourrions continuer de profiter du présent et saisir l'éternité de chaque secondes. Juste être là et vivre en pleine conscience les bonheurs de la vie. Tu sais Mathias, ces moments passés avec toi ont été comme un baume sur mes blessures. J'ai vraiment apprécié et je t'en serai toujours reconnaissante.

Il était partagé entre le devoir professionnel et cette possibilité en or que je lui offrais... Il avait peut-être des insécurités. Ne savait-il pas encore que l'amour et l'amitié surpassent tout et qu'ils sont plus puissants que la peur? Nous échangeâmes une dernière étreinte remplie de promesses en empruntant des chemins différents. Un peu comme dans un film de série B, nous étions tous les deux mauvais acteurs et ce n'était pas la fin que je souhaitais! Je le quittais pour l'aéroport tandis que lui se dirigeait vers le port. Allait-il seulement subsister un beau souvenir dans mon cœur? Je savais que son odeur et son sourire resterait gravé dans ma mémoire.

Chapitre 5

C'est l'esprit léger, que je pris la direction de l'aéroport. Je lui avais fait toute une proposition et je dus comprendre par le silence de sa réponse qu'il ne viendrait pas. Ma tête ne pensait pas que nous allions nous revoir un jour, mais mon cœur espérait le contraire. Au moins, nous nous quittâmes sur une note plus joyeuse et amicale que la veille. Le positif qu'il aura eu c'est de raviver ma flamme littéraire et de d'ajouter de la gaieté dans ma vie. J'anticipais une myriade d'aventure et de découvertes pour moi.

Je suis arrivée à l'avance, je me suis enregistrée auprès de la compagnie d'aviation avant de me diriger au restaurant qui se situait à trois cents mètres de là. Il y avait un décor raffiné et des fauteuils confortables avec une musique d'ambiance festive. Toutes les assiettes qui circulaient autour de moi semblaient plus ragoûtantes, les unes que les autres. L'odeur qui émanait de la cuisine donnait le sentiment, que peu importe mon choix, ça serait délicieux. Je pris une salade grecque et un café. C'était commun, mais je trouvais celles-ci divinement bonnes.

Je me suis installée devant mon ordinateur et les premières lignes de Juin, mon nouveau roman coula à flots. Je m'étonnais d'avoir cette facilité d'écriture ayant été trop longtemps éteinte sur bien des niveaux. Ça faisait des mois que je n'allais nulle part et le syndrome de la page blanche perdurait. La vie nous réserve parfois d'agréables surprises. Je ne pouvais plus négliger mon talent. L'impossible ne faisait plus obstacle au possible. Ce n'était pas trop beau pour être vrai, c'était ainsi! Il faut dépasser le but pour l'atteindre et j'y arrivais.

Les mots se succédaient dans mon esprit au plus grand plaisir de mon âme créative. Je réalisais que les prochains jours seraient comblés par la rédaction. Henry Ford citait : que vous pensiez capable de faire quelque chose, ou que vous vous pensiez incapable, vous avez absolument raison. J'écrirai un « best-seller » qui sera traduit dans de nombreuses langues! Le « tic tac » de mon horloge biologique avait cessé de m'ennuyer. Était-ce la résilience ou avais-je choisi de m'aimer davantage? Peut-être un peu des deux?

Je réalisai que lorsqu'on cesse de se battre contre la vie, elle nous apporte ce dont nous avons besoin. Si Pierre ne m'avait pas laissée, je ne serais pas venue en Grèce, je n'aurais pas rencontré Mathias et l'inspiration ne serait probablement pas revenue. Grâce au hasard de la vie, ce qui m'apparaissait comme un obstacle négatif au départ, m'emmena sur un chemin parsemé de plusieurs petits bonheurs qui allait transformer positivement ma destinée. Merci l'univers! Dès lors, je pris la ferme résolution de lâcher prise, du moins, pour le reste de mon voyage. C'était une quête de spontanéité qui s'amorçait ainsi!

J'étais si absorbée que j'oubliais presque le vol qui allait décoller dans moins de cinquante minutes. Je rangeai mon ordinateur à la hâte et me dirigeai vers le poste de sécurité. Nous embarquions dans un autobus qui nous emmenait vers l'avion. Ça devait être un secret d'État, car nous avions une interdiction de prendre des clichés. Je transitais par Athènes avant de continuer pour Thessalonique. Je décidai de provoquer le destin et de jaser avec mon voisin de siège. C'est souvent un pur bonheur ces belles rencontres sur le vif. Je venais d'en faire l'expérience.

— Je suis Kate du Canada!

— Je suis Greg d'Afrique du Sud!

Je découvrais ainsi Greg, un grand photographe blondinet aux yeux verts sud-africain qui avait été choisi pour couvrir le mariage d'une personnalité connue du cinéma de son pays. Il avait obtenu l'exclusivité de l'événement, me laissant croire qu'il devait avoir du talent! À première vue, un étranger n'a l'air de rien, mais quand nous osons nous ouvrir à eux, nous restons surpris de réaliser son parcours et son histoire. Il était fascinant et me racontait avoir arpenté une soixantaine de destinations en plus de parler cinq langues. Il avait aimé Santorin, sans plus. Plus nous voyageons et plus nous sommes difficiles à satisfaire, souvent, ce ne sont pas seulement les lieux que nous visitons qui rendent la beauté à un endroit, mais les rencontres que nous y faisons et l'état d'esprit qui nous habite. Il me confiait que le coucher de soleil de son appartement au dix-septième étage à Cape Town surpassait celui de Oia. Le ciel très noir sur l'île permettait de capter une luminosité unique qui lui donnait une autre perspective et un charme propre à lui. La conversation, quoique très brève, coulait à flots et ce fut une intéressante discussion spontanée.

Notre avion se posa à Athènes vers quinze heures. Greg retournait chez lui en Afrique du sud tandis que je poursuivais vers l'est. Nous nous souhaitâmes une bonne vie, présumant que nos destins ne se croiseraient plus. Je me suis rendue compte qu'il est intéressant de prendre le temps de découvrir les étrangers qui nous entourent. Il m'apportait de l'inspiration pour quelques lignes de mon prochain roman. J'avais une escale d'une heure. J'en ai profité pour faire les boutiques souvenirs près de la porte d'embarquement et m'offrir un petit bijou : une paire de boucles d'oreilles en forme de cœur.

*****

Mon avion se posa vers dix-sept heures trente à l'aéroport international Makédonia. C'était une journée parfaite de juin, avec un splendide soleil en arrière-plan et une température chaude. Le climat était sec. Dès mes premières minutes dans la ville, je fus ravie. Je réalisais que c'était bien plus charmant qu'Athènes. Ce n'était pas difficile à battre, le vol de mon portefeuille avait créé un chaos, mais tout se replaçait. Mathias n'a jamais su à propos de cet incident, je ne voulais pas l'embêter avec mes soucis. Pierre m'avait envoyé avec succès des fonds via une banque internationale et malgré qu'il ait attendu deux jours pour le faire, j'ai réussi à survivre et à me débrouiller sans tracas. Chacun de mes euros étaient dépensés avec soin et je ne me permettais pas beaucoup de folie.

Un nouveau permis de conduire et une carte de crédit allaient m'être livrés au bureau de location de voitures. J'avais communiqué avec eux à quelques reprises et ils avaient bien reçu les deux enveloppes à mon nom. Ils avaient collaboré avec une employée d'un hôtel qui avait téléphoné pour moi en tant que traductrice afin d'expliquer ma mésaventure en entrant dans le pays.

Le préposé n'avait aucune idée de l'importance de ses deux documents là pour moi. Cela représentait ma liberté pour trois semaines! Pierre m'avait envoyé des fonds via une banque internationale, mais j'allais être indépendante avec mon argent de plastique. J'avais les larmes aux yeux et ce fut plus fort que moi, j'offris un gros câlin à Stavros, l'employé de la compagnie de location. Je partis pétillante dans la micro voiture, prenant la direction de ma résidence de juin.

À quarante minutes de là, se trouvait la villa Helena où Sofia et sa fillette de deux ans, Alexa m'attendaient. Je fus cordialement accueillie par cette propriétaire, une jeune femme dans la trentaine qui habitait la maison voisine de celle-ci. Elle possédait une boutique de vêtements au centre-ville de Thessalonique. Cette grande femme avait l'apparence d'un mannequin avec ses longs cheveux soyeux noir de jais et sa démarche confiante. Une robe dernier cri qui lui allait à ravir épousait parfaitement ses formes. Sa petite qui était souriante lui ressemblait beaucoup, elle était ravissante dans sa robe blanche avec une boucle bleue aux couleurs du drapeau du pays.

Cette résidence construite en pierre sur deux niveaux à cinquante mètres de la mer était encore plus chaleureuse que les images de l'Internet. Les multiples espaces de repos intérieurs et extérieurs comportaient de nombreuses aires d'écriture inspirante. Cette maison âgée semblait détenir une histoire mystérieuse et son charisme lui donnait un « je ne sais quoi » qui nous rend instinctivement bien. Les volets étaient tous ouverts et l'odeur de la mer y pénétrait. Le mobilier faisait « bord de mer ». Le canapé blanc placé devant une cheminée avec une vue spectaculaire sur l'eau au loin était voisin de la salle à manger très lumineuse qui disposait d'une fenestration abondante offrant une perspective sur le jardin multicolore. La cuisine, quoique restreinte, était fonctionnelle et coquette. Au deuxième étage se situaient deux chambres de taille similaire. Je choisis de m'installer dans celle qui donnait sur la mer pour me laisser bercer par le son des vagues et me réveiller dans cet environnement admirable. J'étais émue songeant que ça serait mon « chez-moi » pour trois semaines.

— Si tu veux, un jour, tu pourrais venir avec moi et je te montrerai la ville. m'avait-elle proposé.

— Ça me ferait un immense plaisir!

— Tu es loin de chez toi, qu'est-ce qui t'amène ici?

— Je n'en ai aucune idée, mais j'ai la vive impression que ça sera magique!

— J'en suis convaincue! On t'a déjà parlé du mythe de Chalkidiki?

— Je n'étais pas au courant d'aucun...

— Fais gaffe si tu rentres dans l'eau pour ne pas perdre pied. Si quelqu'un t'empêche de tomber et te retient, tu te marieras avec cette personne dans le mois qui suit.

— C'est une blague?

— Non, je suis sérieuse, c'est vraiment arrivé à quelques-uns! Tu remarqueras la quantité de gens qui entrent dans la mer.

L'idée me sembla amusante mais mon estomac me rappela à l'ordre.

— Dis-moi Sofia, est-ce qu'il y a un marché proche d'ici?

— Oui, si tu veux, nous pourrions y aller ensemble toutes les trois. J'avais justement des courses à faire.

Nous partîmes dans sa voiture convertible en direction du village voisin de Flogita là où les commerces se faisaient plus nombreux. Sur la route, Sofia ne manquait pas de me révéler toutes les informations nécessaires. Le paysage était époustouflant avec les plaines vallonnées qui rejoignaient la mer

— Tu me disais que tu es écrivaine?

— Tout à fait, répondis-je timidement.

— Je suis honorée que tu habites ma propriété. Je souhaite que ma maison sache t'inspirer un beau récit. Elle était à mon arrière-grand-oncle Dimitrios qui l'avait construite en 1854 pour son épouse Héléna avec laquelle il a passé soixante-dix ans avec elle. Y as-tu pensé passer autant d'année avec la même personne? J'en ai hérité il y a plusieurs années et j'ai toujours trouvé qu'elle détenait un certain mystère et qu'elle inspirait l'amour. Allons, raconte-moi, qu'as-tu publié?

Je lui nommai quelques-uns de mes titres un peu plus connus comme *Les règles d'Annabelle* ou *Chaque jour est un éternel hier.* Sofia avait entendu parler de mon plus récent titre, *Le murmure,* qui comportait une histoire d'amour qui donnait beaucoup d'espoir. Un esprit décédé venait visiter son amour tous les jours refusant d'aller dans l'au-delà. Nous discutâmes de la vie, des voyages et aussi des hommes. Sofia écouta la fin abrupte de quatre ans de vie commune avec Pierre et ma rencontre spéciale avec Mathias. Elle trouvait dommage, son attitude négative du dernier jour. Elle non plus ne croyait pas que nous étions destinés à nous revoir un jour.

Sofia m'avait un peu raconté son parcours et sa relation avec Panayiotis, son fiancé. Ils s'étaient rencontrés sur un site pour célibataires il y a trois ans et peu de temps après, elle tomba enceinte de celle qui allait devenir la charmante Alexa. Ils s'étaient fiancés à l'hiver, mais la date n'était pas déterminée. Un enfant convenait parfaitement à son rythme de vie et la petite était mignonne. Elle me mentionna aussi qu'elle me présenterait George, un homme du village qui pourrait me servir de guide dans la région. Elle ajouta qu'il était charmant et de « nature simple », insista-t-elle avec un grand sourire.

La soirée passa rapidement, une amitié venait de naître entre nous. J'adorais ma chambre à coucher qui disposait d'un balcon accessible par une porte-fenêtre. L'air marin était plaisant et la couette était enveloppante. J'attendais avec impatience le lendemain, car une journée d'écriture prolifique serait au rendez-vous, et, de qui sait encore? Je fermai mes yeux et sitôt je me retrouvai à nouveau dans cet état d'exaltation des derniers jours. Je me remémorai un doux moment avec Mathias et je savais qu'un bonheur immense pourrait m'envahir, en le désirant ardemment. C'est nous qui sommes les magiciens de notre destin.

Chapitre 6

Quelle nuit reposante je venais d'avoir! Je paressais dans le lit en admirant la mer calme et en humant son doux parfum. Je m'étirais, tout en savourant ce moment enivrant. Je ne me souvenais pas d'avoir si bien dormi depuis longtemps. Je me sentais sereine et j'avais hâte de retourner à l'écriture. Je me suis préparé un café et pris un croissant. Je m'installai sur la terrasse arrière où un jardin de fleurs débordait d'odeurs envoûtantes. Les premiers mots, les premières phrases se sont enchaînés formant les premiers paragraphes, puis les premiers chapitres. Le temps fila à vive allure. La première nouvelle que je sus, il était l'heure d'aller manger.

J'ai opté pour le restaurant que Sofia me complimentait sans fin la veille. J'avais besoin de changer d'air pour un moment avant de replonger dans mon roman. Ma nouvelle amie m'avait raconté que les propriétaires, Angela et John avaient ouvert ce commerce vingt ans plus tôt. Ils accueillaient les clients comme s'ils étaient des membres de la famille. Puisque je me perdais dans ce menu inconnu, j'ai demandé à Angela de choisir pour moi. Elle a opté pour la moussaka croyant qu'il faisait honneur à la bonne réputation du Plagia Taverna, elle ne se trompa pas, car c'était succulent!

J'ai mangé en vitesse accélérée, car j'avais hâte de poursuivre mon élan créatif. J'avais la vive impression d'écrire mon histoire, c'était une véritable drogue! L'heure d'une pause venait de sonner lorsque les aiguilles de l'horloge montrèrent qu'il était passé quinze heures. J'ai enfilé mon maillot vert avec le chapeau offert de Mathias et armé d'un roman, je me dirigeai sur la plage à quelques mètres de là. Je fis une sieste avant de retourner me baigner dans la mer chaude. Le soleil plombait dans un ciel bleu sans nuages et la température de l'eau était agréable. C'était merveilleux de ne penser à rien.

— Bonjour belle demoiselle... Habitez-vous toujours chez vos parents?

Je reconnus cette voix et j'en perdis pied, saisie par Mathias qui m'empêcha de tomber. Une fois bien retenu, il m'embrassa passionnément. Je ne comprenais pas ce qui se passait, j'avais l'impression de rêver, car tout se déroulerait dans une vitesse accélérée. Nous restâmes quelques minutes à nous étreindre et à nous lover. Ses lèvres douces posées sur les miennes me faisaient réaliser que l'on reconnaît le bonheur lorsqu'une petite chose nous a manqué et que de la retrouver nous comble.

L'avion dans lequel voyageait Mathias était atterrit une heure plus tôt à Thessalonique. Il avait embarqué dans un taxi vers le sud espérant que la Villa Helena soit facile à trouver. Il avait sonné sans succès, mais remarquant qu'il y avait une voiture de location dans l'allée, il avait supposé que je devais être proche. Il avait laissé son sac à dos sur la terrasse, enlevé ses chaussures et s'était dirigé vers la mer. Il m'avait repéré et il souhaitait me surprendre!

— Tu m'as manqué Kate du Canada! Finit-il par me dire.

— Tu m'as beaucoup manqué Mathias de Bogotá! Je ne m'attendais pas à te voir ici! Je suis contente!

— J'espère que ton invitation tient encore!

— Viens, je vais te montrer la maison, elle est superbe.

Je ramassai mes trucs et nous rentrâmes amoureusement, main dans la main. J'étais ravie qu'il ait changé ses plans. Je crois que ce qui importait, c'était de tirer de chaque instant ce qu'il pouvait contenir de meilleur. Mathias me confiait que sur le transbordeur vers l'île de Mykonos, il jonglait déjà avec l'idée de me rejoindre, car ce n'est pas tous les jours que la Macédoine est ainsi livrée sur un plateau d'argent. C'était aussi me revoir et découvrir en profondeur l'histoire d'Alexandre le Grand et de Philippe de Macédoine. Qu'avait-il tant à perdre, sauf peut-être vivre des instants heureux ou pousser sa créativité à un autre niveau? Dès son arrivée, il fit quelque chose qui le surprit lui-même, il contacta son patron pour l'informer qu'il aimerait rentrer au pays le premier juillet. Cet appel était décisif sur la durée que nous passerions ensemble.

Il fut étonné de la proposition soudaine de son journaliste, mais lui confirma qu'il aurait toujours son emploi à son retour. Mathias lui donnait une opportunité intéressante pour tous les deux. Il ferait une chronique radiophonique chaque jour pour raconter son périple. Un premier topo devrait être livrable dans les quarante-huit prochaines heures. Nous avions du pain sur la planche! Il ne regretta pas d'être sorti de sa zone de confort en demandant cette faveur à son supérieur. Ce dernier apprécia son initiative. Mathias parlerait à ses auditeurs de son voyage si intéressant et partagerait ses capsules web. Il avait réalisé que nous n'avions pas échangé nos courriels... Il devait trouver la villa Helena à Nea Plagia sinon, tout était foutu!

Un flash de ma conversation avec Sofia me revint en mémoire... Et si c'était vrai ce qu'on raconte à propos de perdre pied dans la mer? Ça voudrait supposer que nous serions mariés d'ici la fin du mois? Quelle idée! Nous venons à peine de nous rencontrer, mais si? Lorsque nous sommes arrivés au deuxième étage, d'autres pensées habitaient nos esprits...

— Tu devrais enlever ton maillot Kate, il est humide. Suggéra Mathias tout en m'embrassant sensuellement, sachant très bien qu'il avait autre chose en tête que mon confort.

— Je crois que tu devrais retirer ton short, il est mouillé lui aussi.

En le défiant du regard, je tirai sur les cordes de mon bikini qui tomba doucement sur le sol. Mathias assistait à ce spectacle qui semblait le ravir. Ses yeux coquins en disaient long. À son tour, il déboutonna sa chemise rouge, l'enleva, puis, avec mon aide, il perdit les derniers morceaux qui lui restaient. Au passage, je lui mordillai le cou et l'embrassai intensément. Il me souleva pour me prendre dans ses bras et il monta les marches, m'entraînant dans la chambre à coucher. Ces retrouvailles furent chaudes comme la température à l'extérieur. Il me bécota sur tout le corps tout en me regardant, fou de désir, sa langue vigoureuse descendait dans mon cou pendant que ses mains fermes saisissaient mes seins. Je frissonnais tout en répondant à ses gestes charnels. Je caressais son torse velu et j'empoignais son objet de plaisir qui s'était durci le guidant vers son lieu d'épanouissement. Nos respirations s'accéléraient et nos odeurs entremêlées droguaient nos esprits. Il enfonça profondément son membre en moi, il prit son temps pour me faire atteindre des niveaux d'extase inégalés.

Nous demeurâmes un moment enlacé avant d'amorcer une autre séance d'ivresses d'adultes. Nos deux corps enflammés s'harmonisaient au même diapason. La pâleur de ma peau au côté de celle de Mathias donnait l'impression que nous étions assortis : nous formions un « café latté »! C'était bon, réconfortant et ravigotant.

— C'est ce qui arrive quand le sud rencontre le nord! suggérais-je en riant.

— Cesse de dire des sottises Kate et sortons visiter le coin!

Je me sentais bien. J'avais le sentiment ultime que tout était mieux depuis son arrivée. Nous allâmes au centre-ville de Thessalonique après nous être faits beaux. Je portais une robe délicate bleue pâle et des sandales pendant que Mathias revêtait un jean avec un polo agencé à ma tenue. Nous marchâmes main dans la main sur le boulevard de la Victoire jusqu'à la statue d'Alexandre le Grand puis vers celle de Philippe de Macédoine qui était de l'autre côté de la rue. C'était impressionnant de voir l'un des plus grands conquérants de l'antiquité avec en arrière-plan la mer. Mathias me raconta la signification pour déterminer le décès d'un cavalier selon les pattes du cheval. Lorsqu'il a une seule patte avant de lever, le cavalier a succombé suite aux blessures au combat. Quand il a deux jambes de levées, comme celle de la statue d'Alexandre, ça veut dire qu'il est mort au combat et, celui qui repose sur ses quatre pattes, est mort naturellement. Super intéressant à savoir. Je souriais en pensant qu'une heure plus tôt je devais être morte au combat, car mes deux jambes étaient levées.

Nous retournâmes sur nos pas vers la place Aristote. Nous optâmes pour une terrasse charmante pour nous offrir un repas d'amoureux. Cet éclairage tamisé invitait au romantisme dans une atmosphère méditerranéenne.

— Je prendrai le poisson du jour avec les légumes, mentionnais-je au serveur en lui remettant le menu.

— Je vais l'imiter!

— C'est tellement différent des îles et d'Athènes ici! Les gens sont chaleureux et tout est splendide. Je suis vraiment ravie de mon choix pour cette destination!

— Comment es-tu tombé sur ce lieu?

— Je savais que je viendrais en Grèce pour un mois. Tous les dimanches, je prenais deux heures pour préparer ce voyage. Je pensais aussi à la mer ionienne, notamment à l'île de Corfou. Tout le monde mentionnait les villes que je ne devais pas manquer. J'avais l'étrange sentiment que si je ne visitais pas Athènes, Rhodes et Santorin, j'allais passer à côté de quelque chose d'important, à cause des coups de cœur de mes amis.

— Tu t'es sentie obligée de voir tous ces endroits?

— Tout à fait! J'ai cessé de demander conseil, car je n'avais plus l'impression de diriger mon voyage. C'est par hasard que j'ai trouvé la Villa Helena et la Macédoine. Je pouvais allier le côté historique et aussi les plages pour la détente.

— Tu es bien tombé, c'est magnifique. Ma belle Kate, t'ai-je dit à quel point je suis heureux d'être ici avec toi?

— Ce fut une agréable surprise de te voir dans la mer Mathias! Pour être honnête avec toi, je ne pensais pas te revoir un jour. Je suis ravie de ta présence, lui révélais-je en allongeant mon cou pour lui donner un petit baiser sur le coin des lèvres.

Le repas se prolongea animé par d'intéressants échanges. J'étais consciente que la présence de Mathias me retarderait probablement dans l'écriture de mon roman. Mais il en inspirait sûrement de belles pages!

— Mykonos est une île bien différente de Santorin avec des maisons peintes de toutes les couleurs sur des murs blancs à la chaux. Ce matin, je me suis levé tôt pour admirer le lever du soleil du haut de la falaise. C'était splendide. Tu sais à quoi je pensais?

— À quoi donc?

— J'ai découvert qu'il est bien plus agréable d'être auprès d'une personne que nous apprécions que d'être un voyageur solitaire. Je voyais de magnifiques endroits, mais je n'avais personne avec qui les partager. C'est un peu comme un pain... Il est bon, mais lorsque partagé, il prend tout son goût!

Je n'avais rien à rajouter à ses belles paroles sauf de m'approcher pour me serrer contre lui. Avant qu'il poursuive.

— C'était la première capsule que je tournais sans t'avoir dans l'ombre. Je me suis installé sur un banc en bordure de la plage. J'aurais aimé que tu y sois, car c'était magnifique et aussi, parce que ton aide m'est précieuse et rend mes chroniques plus complètes. Tu fais une excellente assistante, m'avoua-t-il.

Il me tendit sa caméra et me montra ce qu'il avait capté la veille.

Je me trouve à Mykonos, une île très populaire des Cyclades. Comme vous le savez, la mythologie grecque a l'imagination fertile... D'après la légende, c'est ici qu'Hercule, dans un de ces douze travaux, aurait combattu les géants après les avoir exterminés, les aurait jetés à la mer où ils se sont pétrifiés et se seraient transformés en rochers! En dehors de la capitale Chora, on retrouve des villages et des hameaux qui s'éparpillent un peu partout sur sa terre plutôt aride. L'île a très peu d'arbres et son sol est parsemé de roches, car elle est soumise à des alizés puissants qui viennent de toutes les directions. La profusion de ruelles qui forme un labyrinthe était à l'origine destinée à perdre les pirates. Je ne sais pas si vous en serez émerveillés ou égarés... Sa mer aux eaux turquoises, ses plages paradisiaques de sables fins et ses multiples moulins à vent seront plaire à ses nombreux visiteurs. Ici Mathias Ortiz, dans l'ombre d'une touriste.

— C'est à ce moment-là que j'ai constaté que tu étais loin de moi ma petite Kate. Parfois, on n'est pas toujours maître de notre vie quand il y a d'autres acteurs. Je crois que nous devions compléter ce que nous avions commencé.

Nous discutâmes un peu du plan des prochains jours ensemble. Déjà, le lendemain, nous partirions en direction de Kavala et de Philippi, sans trop savoir ce que nous allions découvrir. Le surlendemain, ça serait probablement une journée de repos et de plage qui serait grandement appréciée. Nous espérions arpenter la première péninsule de Chalkidiki au complet.

Nous sommes revenus tard à la villa. Le sommeil s'emparait de nous. Nous tombions dans les bras de Morphée, confortablement enlacés vibrant d'amour l'un pour l'autre, l'esprit serein et le cœur gai! Je réalisais qu'être bien avec quelqu'un, ce n'est pas renoncer à sa liberté, ça veut dire lui donner un sens nouveau.

Chapitre 7

Je prenais mon temps pour savourer tout ce bonheur. Jamais je ne me lasserais de cette beauté sauvage qui m'entourait et aussi du bien-être de me réveiller dans les bras d'un homme qui me touchait de diverses façons. Ses intéressantes conversations m'enrichissaient de nouvelles connaissances. Quand il saisissait ma main, j'avais la vive impression que plus rien ne pouvait m'arriver. Nous nous levâmes difficilement, enveloppés par la douceur, du ici et maintenant qui nous poussait à ralentir pour faire perdurer cet instant.

Après un petit-déjeuner copieux composé de céréales, fruits frais et café, nous prîmes la direction de Kavala qui était localisé à deux heures de route. J'avais préparé un lunch que nous pourrions manger plus tard dans la journée. Nous devions revenir pour au plus tard dix-huit heures, car Mathias devait faire une chronique téléphonique en direct pour la radio. L'entente conclue avec son supérieur consistait à expliquer en onde son voyage et ses expériences des dernières semaines. Pour les prochaines interventions, ils pouvaient les pré-enregistrer.

Nous prîmes la route pourvue d'abondants postes à péage entouré de paysage d'un vert mémorable avec des vues incroyables parfois sur des lacs, d'autres sur des collines vallonnées débordantes d'histoires. Nous nous tenions la main et le silence comblait ces instants de découvertes. Cela devait faire un peu moins d'une heure que nous étions partis quand Mathias mentionna :

— Ça doit être le lac Koroneia qu'on aperçoit au loin. À une époque, il formait un énorme bassin d'eau avec le lac Volvi qui est annoncé dans trente kilomètres!

— Vraiment, raconte-moi ce qui est arrivé parce qu'il ne me semble pas faire aussi grand? Est-ce qu'un banc d'oiseaux apporta au vol ce dernier avec lui?

— Ne dis pas de sottise! Il a déjà été l'un des lacs grecs le plus riche en poisson. Mais à cause de son utilisation intense pour la culture, il s'assèche progressivement. Sa profondeur est de moins d'un mètre et la totalité de ses poissons est morte depuis une vingtaine d'années.

— Nous pourrions arrêter et y filmer un topo.

Non loin de ce lieu, une halte longeait la route où j'ai garé le véhicule. Entouré des herbes hautes, Mathias se positionna et j'obtenais en arrière-plan avec sa caméra le lac et le paysage malgré tout enchanteur. Un berger avec son troupeau de moutons qui se promenaient au loin dans le pâturage. Ça respirait la campagne!

Le plus grand danger pour la planète est l'homme... Aristote le disait déjà dans la tragédie des biens communs... personne n'a intérêt à entretenir ce qui est à tout le monde! Je suis en Macédoine à côté du lac Koroneia. Il y a une cinquantaine d'années, il était abondant en poissons, mais depuis vingt ans, il s'est tellement asséché qu'il s'est vidé de sa faune marine à cause d'une surconsommation d'eau jumelée à la pollution croissante. À une époque, avec le lac Volvi qui est à trente kilomètres à l'Est (je tournai l'objectif de la caméra vers l'orient pour démontrer un sol aride), il formait une même étendue. Ce qui est arrivé à cet endroit pourrait se reproduire n'importe où! Soyons solidaires et faisons attention aux richesses de la terre. Ici Mathias Ortiz, dans l'ombre d'une touriste.

— C'était excellent Mathias, le complimentais-je.

— J'espère qu'on ne me trouvera pas trop moralisateur!

— Pas du tout! C'est un fait... Si les gens ne prennent pas des précautions dès maintenant, ça sera la fin de nombreuses espèces. J'aime bien le clin d'œil que tu fais à Aristote.

— Ce philosophe m'a toujours fasciné. Il mentionna trois cents ans av. J.-C., que l'homme prend soin de ses biens propres, mais il a tendance à négliger, ou pire à gaspiller, ce qui appartient à tous. Il s'en souciera seulement dans la mesure où il est concerné sinon il est plus enclin à laisser aller croyant qu'un autre y fera attention à sa place.

— Tu es drôlement cultivé Mathias, tu sauras toujours me surprendre!

Nous arrivâmes à Kavala à huit heures quarante-cinq. La ville commençait tranquillement à se réveiller. Nous garâmes la voiture et nous marchâmes de long en large dans les rues étroites et un peu sur le bord de la mer avant de louer des vélos pour nous aider à découvrir les lieux plus rapidement. Ça faisait des lunes que j'étais monté à bicyclette et cela paressait grandement avec mon mauvais équilibre. Mathias courut après moi quand il aperçut qu'une catastrophe inévitable allait se produire sous ses yeux. Je fonçai dans un arbre et tombai sous son regard surpris par autant de maladresses. Mon orgueil en prit un coup avant d'éclater d'un fou rire. Il osa pousser la blague en me donnant les consignes pour rouler de façon sécuritaire.

— Tu comprends maintenant l'importance de porter le casque de protection que tu refusais de porter par coquetterie. Laisse-moi vérifier si on ne pourrait pas emprunter aussi des genouillères. N'oublie pas ce qu'Albert Einstein mentionnait : *la vie, c'est comme une bicyclette, il faut avancer pour ne pas perdre l'équilibre.* Tu dois pédaler plus vite et contrôler le guidon ma belle Kate!

Nous roulâmes un instant dans tous les secteurs de cette ville ancienne avant que Mathias qui s'avère être prolifique voulut prendre de l'avance pour les prochains jours. Pendant qu'il établissait ses repères, je suis allée nous chercher des cafés au lait. Lorsqu'il me vit revenir, il me rappela que le café était à notre image comme mentionné lors de notre première enflammée. Je trouvai cette remarque charmante. Il me donna les instructions de ce qu'il aimerait voir et il me remit sa caméra avec un tendre baiser sur le front.

Kavala, une ville occidentale au parfum d'orient. Sous la domination de l'Empire ottoman de 1380 à 1913, cette cité portuaire était un centre d'études réputé dans les Balkans. Devenu aujourd'hui un lieu commercial important, notamment pour l'exportation du tabac macédonien. La citadelle pourvue d'une citerne servait de dépôt des munitions et des produits alimentaires. L'autre élément architectural qui se distingue est l'aqueduc érigé en 1530, qui est le symbole de la ville. D'une longueur de deux cent quatre-vingts mètres et d'une hauteur de vingt-cinq mètres, il compte une soixantaine d'arches. (je captai un gros plan de cette construction pour en saisir sa grandeur et sa beauté) Vous réalisez comme c'est majestueux! C'est un lieu parfait pour une escapade d'amoureux... Ici Mathias Ortiz dans l'ombre d'une touriste.

Mathias semblait heureux de son travail accompli. Nous ne trouvions pas qu'il y avait tant à faire dans cette ville historique, nous rapportâmes les bicyclettes et prîmes la direction de Philippi qui était à moins d'une demi-heure de là.

Nous avons fait un arrêt dans un village pour s'informer que nous étions bien dans la bonne direction, les panneaux sur le bord de la route se faisaient rares, nous pensions être perdus au milieu de nulle part. Une superbe boutique de cadeaux proposait de beaux items et j'eus l'idée d'y acheter une théière pour Sofia et je n'ai pu résister à prendre une sucette pour la petite Alexia. Je désirais qu'elles gardent un souvenir de moi, car jamais je ne les oublierais. Grâce à la maison que j'adorais, j'y passais la plus mémorable de toutes mes vacances. J'essayais de me souvenir de mon plus beau souvenir de vacances. Même quand je me replongeais dans cet instant d'enfance qui m'avait particulièrement marquée, je ne pouvais me sentir plus épanouie quand ce moment.

Celui que je me souviens particulièrement et qui me fait à tout coup sourire c'est lorsque je me revois avoir trois ans et beaucoup de poussières… c'était l'été. Ma famille et moi partions en Floride, au Royaume de Walt Disney et pour la toute première fois, je prenais place à bord d'un avion! C'était mon baptême de l'air. Ma mère, qui a une fière allure, nous avait habillés chic. Je portais une robe couleur blanc et vert avec des souliers en cuir verni. Elle avait attaché des rubans agencés à mes longs cheveux blonds. Je ressemblais à une poupée.

Mon grand frère Kevin, mon héros, était pimpant et fébrile pour l'événement. Notre mère représentait la plus belle de toutes avec sa robe beige en dentelles achetée un été précédent en Italie, ses sandales au talon haut et ses cheveux remontés en chignon avec quelques mèches qui lui tombaient dans le cou. Notre père portait l'ensemble assorti à celui de sa tendre épouse. Encore aujourd'hui, ils s'habillent de façon bien similaire et cela me fait sourire.

Avec toute la naïveté d'une enfant de trois ans, je croyais que l'hôtesse de l'air était la femme du pilote. C'était une évidence, n'est-ce pas? J'avais demandé spontanément à cette personne si je pouvais voir son mari à l'avant. J'ai d'abord été impressionnée par la quantité de boutons qu'il y avait dans le cockpit. Le pilote a sorti une marche afin de me permettre d'admirer au-delà du tableau de bord… C'était magique, ce champ de ouates qui s'offrait à mon regard scintillant. Dès lors, j'ai été fasciné par le domaine de l'aviation. J'aimais le sentiment de liberté et de légèreté!

J'adorais voir le monde applaudir lors de l'atterrissage. Quoiqu'à première vue, ce geste puisse apparaître anodin, il demeure génial dans ma banque de souvenirs! Il me semble que cela signifiait : hourra, nous sommes arrivés, l'aventure débute! Secrètement, c'était l'instant que j'appréciais le plus du vol quand ce grand oiseau mécanique se posait sur la piste et que tous les gens étaient contents. Une autre chose qui était fascinante était de partir de Toronto pour atterrir dans un endroit tout à fait différent en si peu de temps.

Mathias qui me voyait rêvasseuse déposa le revers de sa main sur ma joue et me confia que j'étais adorable. Je lui rendis un sourire et révéla un moment qui me remémorait ce lieu.

— La Macédoine me fait penser à l'Écosse, mais avec une température plus clémente. Lui mentionnais-je en allongeant à mon tour ma main pour lui jouer dans les cheveux et masser sa nuque.

— Je ne savais pas que tu avais visité ce pays, c'était il y a longtemps?

— J'y suis allée avec Pierre il y a deux ans lors de moments plus heureux entre nous. On a vu Édimbourg, Glasgow et les Highlands. On a fait une tournée de pubs pour déguster les scotchs.

— Tu aimes ça?

— Tout à fait! Au départ, je trouvais cela trop corsé, progressivement j'ai appris la technique et mon goût s'est développé.

— Je suis en présence d'une connaisseuse en eaux-de-vie, je ne savais pas qu'il y avait une manière de boire cet alcool. Tu me surprendras à ton tour Kate Westfield! Enchaîna-t-il tout en me souriant.

— Beaucoup de choses pourraient t'étonner, Mathias. Il ne faut pas s'arrêter à la façon dont je peigne mon toupet. Lui signifiais-je en lui offrant un clin d'œil espiègle.

Une beauté d'une grande simplicité rayonnait sur nous. Ce soleil radieux, cet air parfumé d'herbes et de fleurs de tous genres, ce paysage spectaculaire, mais surtout la présence de l'autre... Nos deux cœurs battaient à l'unisson.

Une fois sur le site archéologique de Philippi, nous décidâmes de nous installer sur les tables de pique-nique pour dévorer une partie de notre lunch. C'était très copieux, il comprenait des sandwiches, des craquelins avec une sauce tzatziki, des crudités, des croustilles à l'origan ainsi que des sodas et des bouteilles d'eau. Des goélands insistants souhaitaient se faire nourrir, mais un écriteau suggérait de ne pas le faire. Nous commençâmes gaiement l'exploration du lieu l'estomac bien rempli. À l'entrée, le théâtre en pierre captivait surtout Mathias qui est un grand passionné d'histoire et de mythologie grecque. C'était un peu éloigné de l'ancienne ville construite par Philippe II de Macédoine. Il y avait des colonnes qui étaient encore bien droites et plusieurs vestiges d'une époque prospère.

Ce que j'appréciais de cette relation nouvelle avec Mathias c'est qu'à toutes les fois qu'il devait se séparer de moi, il me donnait soit un baiser ou une accolade enveloppante. La proximité entre nous et cette affection abondante me plaisaient et définissaient mes besoins futurs à combler auprès d'un potentiel amoureux. Dorénavant, je n'exigerais pas moins que ça!

Mathias trouva ce lieu prodigieux pour en faire une capsule informative. Je saisis le moment avec l'oracle en arrière de lui, il entreprit sa narration au même instant qu'un oiseau sifflait près de lui :

Philippi crée en 356 Av J.-C., par Philippe de Macédoine. Son objectif était de contrôler les mines d'or voisines au site et enrichir sans fin son royaume. Il y établit un atelier monétaire. La ville a été bâtie par les Macédoniens et agrandie par les Romains. L'apôtre Paul a prêché le christianisme ici environ cinquante ans suivant la mort de Jésus et ce lieu devint un centre religieux important. (je filmai la prison de Saint-Paul) On croit que Luc, l'auteur du cinquième livre du Nouveau Testament serait également passé avec Silas et Timothée. Un tremblement de terre aurait ravagé la cité à l'an 619 qui n'a pas été reconstruite par la suite. Les Grecques ont attendu en 1914 pour amorcer les premières fouilles archéologiques qui furent aussitôt interrompues à cause de la Première Guerre et reprise en 1920 jusqu'à la Seconde Guerre mondiale. Une plus sérieuse exploration a eu lieu entre 1958 et 1978. Ce site plein d'histoires n'offre pas que des vestiges... il dispose d'un musée fascinant qui vaut le coup d'œil. Ici Mathias Ortiz dans l'ombre d'une touriste.

— Quelle journée riche en découvertes, n'est-ce pas belle écrivaine?

Il fut comblé par cette trouvaille au milieu de nulle part.

— Mets-en! Ça m'a fait revivre mon escapade à Machu Picchu au Pérou il y a quelques années sauf qu'ici, tout était pas mal détruit. Qu'est-ce que tu raconteras à la radio ce soir?

— Je crois que je parlerai de mon expérience générale des dernières semaines et je préfère garder les topos pour les prochains jours. Ça nous donnera plus de latitude, dit-il en déposant un baiser sur mes lèvres et il enchaîna, j'apprécie vraiment être filmé par toi ma belle Kate, car je peux me concentrer sur le contenu. Merci!

— C'est un grand plaisir, j'adore le faire. Pendant que tu feras le montage, je vais écrire. J'ai hâte de me retrouver devant mon ordinateur et de poursuivre mon roman. Plus tard, nous pourrions souper à Plagia Taverna avec Sofia?

— Tu sais ce qui me plaît de toi?

— Mon sac avec la feuille d'érable? Suggérais-je

— Oui, c'est ça, maintenant que je te connais, je vénère la feuille d'érable et je rêve pouvoir me la faire tatouer sur la fesse gauche comme toi sauf que je mettrais « wanna be » à la place du fait au Canada.

— Je le savais depuis le premier jour, qu'un peu du Canada habitait ton cœur.

Nous éclatâmes d'un rire sincère. Mathias se tut pour que nous puissions admirer ce paysage en silence. Juste avant il m'avait révélé que pour l'une des rares fois de sa vie, il avait l'impression d'être lui-même et il semblait ravoir l'insouciance et la spontanéité qu'un adolescent de quinze ans. Il aimait l'image de l'homme qu'il devenait auprès de moi. Tout au long de la route, nous nous tenions la main savourant ce parfait instant.

Nous arrivâmes à quatorze heures trente à la villa. Je m'installai sur la terrasse arrière pendant que Mathias alla dans la salle à manger pour effectuer ses diverses tâches.

*****

Le soleil brillait encore et le mercure oscillait dans les hauts-trente degrés. Juste avant d'amorcer l'écriture, je me dirigeai à la mer pour me rafraîchir un peu. Mathias était plus discipliné. Il désirait livrer un bon exposé à son patron et ses auditeurs. Il en profita pour mettre en ligne toutes les capsules filmées des jours précédents et par le fait même raffiné le contenu de son blogue. C'était sa plus grande fierté. Ça donnait un sens à sa carrière.

Je trouvai une famille de chats près de la maison dans un buisson. Il y avait trois minets et la mère. Cette dernière semblait craintive tandis que le plus téméraire vint me voir curieux quand je tendis le creux de ma main avec un peu d'eau. Il me faisait rire avec sa démarche un peu gauche. Les deux autres s'approchèrent tranquillement sous le regard soucieux d'une maman. Je revins un peu plus tard avec du manger pour eux et du lait frais. Peut-être m'étais-je fait de nouveaux amis, je ne voulais pas envahir leurs espaces alors je me suis rapidement éclipsée.

Le temps passa à vive allure, il était dix-neuf heures trente quand j'osai déranger Mathias pour vérifier s'il serait bientôt prêt à partir. Je venais d'enfiler une robe turquoise qui m'allait à ravir selon les commentaires de mes amies à Toronto.

— As-tu terminé « sexy »?

— Tu es en beauté ma Canadienne chérie! Je viens tout juste de terminer.

— Je peux voir?

Je m'approchais de lui et tendis mes bras par-dessus ses épaules.

— Absolument! En plus d'être jolie, tu sens bonne! Tu sais que c'est dangereux cette odeur... Il y a des chances qu'on ne se rende pas au restaurant!

Il déposa des bisous dans mon cou pendant qu'il se leva, je me suis assise devant son ordinateur pour regarder la première vidéo. Je réalisai que cette complicité m'avait manqué au fil des ans, telle une fleur qui s'épanouit au contact de l'eau, ces tendres mots enrobaient mon cœur d'un baume qui embellissait ma vie.

— On remet ça à plus tard... Je commence à avoir drôlement faim et en plus nous sommes aussi attendus par Sofia...

— Donne-moi dix minutes.

Je réfléchissais à ce que ma grand-mère racontait à propos d'un homme intéressé. Elle disait qu'il serait toujours présent à nos côtés, qu'il chercherait à nous connaître et à nous imiter sans fin et surtout, il nous accepterait comme nous sommes. Si je me fiais à la règle de ma grand-maman, il devait être subjugué par moi! pensais-je à la blague.

Il revint dans la pièce une dizaine de minutes plus tard. Il avait taillé sa barbe qui commençait à être longue. Je souriais en regardant ses nombreuses capsules, il faisait de l'excellent travail. On voyait ma silhouette au côté de Mathias et cela me touchait : j'incarnais l'ombre d'une touriste. Jamais un homme n'avait eu une telle délicatesse pour moi.

*****

Le restaurant était rempli à notre arrivée. Angela nous accueillit avec sa chaleur familière. Elle reconnaissait son monde et ça paraissait qu'elle les aimait.

Sofia n'avait pas eu la chance de parler de moi à son fiancé Panayiotis. Il correspondait à l'image que je m'étais faite de lui, cet homme versatile s'adapte aussi bien dans un cocktail avec des gens d'affaires influant que dans un lieu plus simpliste. Ses vêtements de grand couturier démontraient son aisance financière et avec Sofia à ses côtés, nous aurions juré que le couple était sorti tout droit d'un magazine de mode. Ils étaient élancés, minces et habillés avec classe. Ils se complémentaient bien et ils étaient beaux à regarder, tous deux avec des cheveux et des yeux noirs avec beaucoup d'affection entre eux. Le tableau aurait été plus parfait avec la petite Alexia mais elle se faisait garder par ses grands-parents maternels.

— Vous êtes ensemble depuis longtemps? S'informa-t-il à Mathias.

— C'est plutôt nouveau.

— Ce n'est pas commun un Colombien et une Canadienne. Où vous êtes-vous rencontré?

— À Santorin...

— C'est donc vraiment récent! Tu anticipes séjourner ici, jusqu'à quand?

— Jusqu'à la fin du mois. Quand Kate partira pour le Canada, je prendrai la direction de la Colombie.

— Qui sait ce que l'avenir vous réserve? Levons notre verre mon ami! Yamas, Salud, Cheers!

C'est ainsi que nous devinrent quatre acolytes qui s'entendaient à merveille. Les heures se sont enfilées dans cette ambiance décontractée. Nous allions récidiver dans deux jours, car Sofia nous invitait à manger chez elle. Mathias pourrait voir la petite Alexia dont je lui avais parlé. Panayiotis nous confia qu'elle était une excellente cuisinière, de faire gaffe, c'est facile de gagner du poids avec elle. Sofia le prit par le bras en le suppliant de se taire pour ne pas décourager leurs nouveaux amis. Ils avaient une belle complicité, c'était enviable!

*****

Nous avons bu une bière froide sur la terrasse de la villa pour nous détendre. Nous étions assis enlacés sur le fauteuil qui était orienté vers la mer. Un ciel rempli d'étoiles donnait une ambiance romantique. J'enfonçai ma main dans celle de Mathias et lui confia avoir passé une journée formidable. Je fus surprise de voir arriver mon petit téméraire de l'après-midi. Il semblait me dire : enfin, je t'ai retrouvé! Il s'installa entre nous et se fit flatter, un peu comme s'il nous avait adoptés.

— En venant en Grèce, j'essayais de fuir ma vie. Je ne m'attendais pas à notre rencontre, surtout que ma rupture avec Pierre était récente.

— Nos cœurs et nos esprits créatifs devaient se chercher. Je crois bien qu'ils se sont trouvés!

— Ils se sont trouvés! J'ai envie de surfer sur cette vague avec toi... me laisser aller au gré des vents et des courants! Sans contrainte, sans une liste de critères sans fin!

— Moi aussi, j'ai eu cela, elle était si remplie qu'aucune candidate ne pouvait occuper le poste, elle comportait trop d'exigences. Dès l'instant que je t'ai vu à Santorin dans la lueur de la nuit, un sentiment nouveau s'est emparé de moi. Ton visage, ton esprit, ton caractère, ton intelligence, tout de toi m'a séduit.

— C'est la chose la plus gentille qu'on m'ait dite! Mathias, crois-tu aux âmes sœurs?

— J'y ai longtemps cru...

— Plus maintenant?

— Je suis peut-être trop vieux et l'amour s'est rationalisé. J'avoue que je peux être champion pour trouver dix mille excuses pour qu'une relation ne fonctionne pas et faire du sabotage émotif!

— Tu as peur d'être blessé?

— C'est plutôt le contraire, j'ai peur de blesser!

— Si tu es honnête en étant vrai, tu ne peux pas froisser personne!

— Tu vois, je pourrais te faire de la peine et c'est la dernière chose que je voudrais!

— Tu peux aussi me permettre d'atteindre un haut niveau de bonheur. Si nos cœurs jouaient un tour à nos raisons? Toutes ces mauvaises personnes rencontrées nous rapprochaient l'un l'autre.

— C'est possible! Quand tu parles comme ça, tu me touches.

— Je sais que c'est tôt, mais je le pense sincèrement, Kate, tu me plais énormément! affirme-t-il en m'embrassant pour me démontrer toute cette adoration qu'il me prodiguait. Et j'espère qu'on se reverra après notre voyage.

Nous montâmes à la chambre et avec une grande adresse, il défit mes vêtements et me regarda tendrement. J'étais nue et mes cheveux blonds tombaient sur mes épaules couvrant sommairement mes seins malgré les imperfections de mon corps. Je me sentais désirée ardemment et suffisamment à l'aise pour me présenter ainsi devant lui. Nos lèvres s'unirent pour sceller cette affection croissante tandis que le rythme de nos cœurs battait la cadence d'un plaisir immense. Il prit son temps pour étirer ce moment d'intimité passionnel. Il me fit l'amour différemment cette nuit-là. Quand tous deux, atteignîmes le septième ciel, Mathias éteignit la lampe de chevet, se tourna pour m'embrasser une dernière fois et il me chuchota à l'oreille; je t'adore Kate Westfield!

Chapitre 8

Les oiseaux gazouillaient et le son de la mer semblait chuchoter : réveillez-vous, car je vous attends! Mathias qui s'était levé à l'aurore était allé marcher sur le bord de la mer. Je trouvais le lit vide sans lui à mes côtés. À mes pieds, une petite boule d'amour que j'avais surnommé affectueusement Rocky la veille dormait paisiblement. Quand il vit que je bougeais, il s'approcha de moi pour se faire câliner. Je jouai quelques minutes avec lui avant de le prendre dans mes bras et m'asseoir sur la terrasse adjacente à la chambre. Mathias jasait avec une grande femme rousse. Qui pouvait-elle être, celle qui ressemblait à Julia Roberts? Il ne se rendit pas compte que je l'observais depuis une dizaine de minutes, curieuse d'en apprendre davantage sur cette personne qu'il semblait bien apprécier. Elle partit suivant le bord de la mer vers l'Ouest et lui rentra tranquillement vers la maison. Il vint me rejoindre et m'enveloppa de ses bras puissants, Il m'offrit de nombreux baisers et me dit :

— Bon matin ma belle Kate!

— Bon matin, mon journaliste adoré, tu as bien dormi?

Je préférai ne pas lui poser des questions à propos de cette inconnue. Ce n'était pas approprié à ce moment-là. Nous n'étions pas attachés l'un à l'autre. Il pouvait jaser avec qui il voulait! L'amour fait naître la jalousie, et c'est cette même jalousie qui fait mourir l'amour!

— Absolument, et toi?

— Oui, vraiment! J'ai fait un drôle de rêve... J'ai rêvé qu'on se mariait!

Aussitôt dit, je regrettai mes paroles!

— C'est probablement les beaux moments que nous vivions ensemble qui t'ont inspiré ce charmant rêve!

Il m'embrassa à nouveau, mais cette fois avec plus d'intensité. Une complicité très grande nous unissait déjà. Pour faire divergence, il changea ce climat romantique pour un amusant.

— Si tu n'avais pas paressé autant ce matin, je t'aurais fait l'amour, mais nous devons profiter de cette splendide journée pour travailler ton teint qui est encore pâle. Allez, bouge tes fesses!

— Bravo, mon champion, tu sautes de passionné à rabat-joie! Le taquinais-je en déposant Rocky par terre.

Nous prîmes le chemin de la première péninsule de Chalkidiki armé de serviettes de plage, crème solaire et de bouteilles d'eau. Le ciel transportait un peu de nuages et le fond de l'air était chaud. Localisé à flanc de colline, un village côtier offrait une vue extraordinaire sur une mer d'un bleu mémorable. Nous y arrêtâmes afin de savourer un copieux petit-déjeuner dans un restaurant en bordure de la route. La mixture de toutes les épices provoquait une explosion de goût délicieuse dans le palais. Malgré cela, le café grec n'égalait pas le Colombien... réalisa Mathias.

— Il faudrait que tu visites la Colombie, ne serait-ce que pour venir goûter à notre café! me proposa-t-il.

— Tu sais Mathias, on peut en retrouver partout dans le monde, je suis convaincue qu'on en trouverait ici même.

— Tu pourrais admirer les plantations, c'est magnifique. Les grains de café sont cueillis, puis mis dans des bacs pour les sécher. Quand ils sont prêts, ils les font rôtir avant de les moudre. C'est ce qui les rend meilleurs!

Parfois, Mathias dévoilait une certaine naïveté lui donnant une allure gamine. Il aimait l'idée de me voir un jour arpenter son pays avec lui. Il me raconta qu'il me ferait découvrir toutes ses richesses, à commencer par les côtes, là où il y a la forteresse de Carthagène et les plages de sable fin de Santa Martha, par la suite, nous pourrions visiter la vallée du café et poursuivre le voyage vers Medellín surnommé l'éternel printemps et terminer par sa ville natale de Bogotá et ses environs.

— Il faudra que tu viennes me voir en Colombie!

— Peut-être qu'un jour, si je suis en manque de tes lèvres, j'en profiterai pour visiter ton superbe pays

Avec le pétillant dans nos regards, nous repartîmes main dans la main.

À la recherche du lieu parfait, nous fîmes de nombreux arrêts : Kallithea, Polichrono, Paliouri, Nea Skiono, mais, ces endroits demeuraient sans intérêt et nous préférions continuer notre route. Finalement, nous trouvâmes un beau trésor à Possidi. Nous avons garé la voiture sur le bord de la chaussée et nous descendîmes quelques mètres pour arriver sur un sable blanc fin. Mathias étendit le drap tandis que j'enlevais ma robe et m'enduisais d'écran solaire. Nous avions une glacière avec des rafraîchissements et des grignotines. Mathias voulut prendre de l'avance et me demanda si j'étais prête à tourner une nouvelle chronique. J'écoutai ses instructions, je m'essuyai les mains et nous commençâmes. Le son des vagues donnait le ton et sa voix fit le reste.

Je suis à Possidi dans la première péninsule de Chalhidiki dans la partie macédonienne de la Grèce... Un endroit paisible où l'histoire semble en avoir gardé le secret. Plusieurs y sont passés et très peu y ont laissé une marque. Après la mort du tyran Jules César, Marc-Antoine a hérité du tiers du monde romain, dont l'Égypte. Rapidement, il fut séduit par Cléopâtre avec qui il eut trois enfants... Quoiqu'il ait été marié à Octavia, la sœur du fils adoptif de César, Octave, c'est en Macédoine qu'ils venaient se prélasser auprès de la reine égyptienne et vivre simplement cet amour puissant qui les a unis. Est-ce sa fin tragique qui a inspiré Roméo et Juliette de William Shakespeare? Ici Mathias Ortiz dans l'ombre d'une touriste.

— C'est ce que tu as appris ce matin en te levant si tôt? demandais-je.

— Je m'instruis au lieu de dormir comme toi belle marmotte!

Je lui souriais et m'allongeai avec le roman que je trimballais partout, surtout à mes débuts en Grèce, car à ce moment, je déambulais seule et la lecture était ma meilleure compagne.

— Voyage au-delà de mon cerveau. Qu'est-ce que c'est?

— C'est une neurochirurgienne qui décrit son expérience quand elle a fait un AVC. C'est vraiment instructif, comme tu dois le savoir, on a deux hémisphères. Le droit vit seulement dans l'instant présent, tandis que le gauche s'occupe de nos insécurités, nos doutes, nos peurs. lui expliquais-je. Selon l'auteur Jill Boyle, il est possible de se connecter uniquement sur cet hémisphère positif pour lequel hier et demain n'existent pas!

— Intéressant comme lecture. Je croyais qu'une écrivaine ne bouquinait que des romans.

— Ce serait aussi erroné de dire que les journalistes ne lisent que des journaux.

— Bon point, tu me coupes le sifflet comme on dit! Tu viens marcher avec moi?

— Je passe mon tour pour cette fois, car je veux terminer le chapitre avant.

Mathias se dirigea vers le bord de la mer. Il prenait son temps avant d'y rentrer. Est-ce que l'eau était froide? pensais-je en l'examinant discrètement. Il se trempa jusqu'au-dessus des genoux et regarda au large. Il regagna la rive et il poursuivit sa marche. Le sable chaud enrobait ses pieds, parfois une vague s'échouait sur ses chevilles. Mathias alla s'asseoir sur les rochers au loin.

Si c'était ça le bonheur? songeais-je. Être en superbe compagnie et ne pas se soucier d'hier et ni de demain, mais surtout d'être bien avec soi-même. Ça me rappelait un poème que j'avais écrit il y a quelques années pour un concours amateur qui débutait comme suit :

Hier m'a été volé comme s'il n'avait jamais été...

Un fugace moment de bonheur s'achevait sans leurre,
Parmi tant d'espoir, je n'osais voir,
Ce demain si soudain qui s'emparait déjà du lendemain.
Sur ce banc, j'admire l'étang,
Me remémorant l'instant dans lequel je suis et j'existe,
Oubliant pourquoi hier s'est enfuie apportant avec lui,
La sérénité d'une journée passée, maintenant effacée.
L'avenir est à construire,
Ne sachant trop ce qu'il sera...
Qui vivra verra la lueur d'un crépuscule multicolore,
Se plonger dans une nuit encre remplie d'étoiles.
Qui sera guidé par ces étoiles ne se retournera point,
Ayant trouvé la direction à emprunter,
Pour enfin réaliser que cette lueur réside à l'intérieur
des cœurs,
Saisissable uniquement dans la magie du ici maintenant.

Pourquoi j'avais sacrifié ma liberté et mon bonheur pour un souhait d'être mère qui en était peut-être un de société? Quand nous profitons de la vie au lieu de la regarder passer, nous sommes acteurs de notre destin et le hasard n'existe plus! Je ne me souvenais pas d'avoir été aussi bien depuis longtemps! En écoutant la voix de mon cœur... tout devenait vrai et par le fait même agréable, car je cessais de m'en faire pour des pacotilles pour lesquels je n'avais aucun contrôle.

Sa silhouette commençait à se faire minuscule. Mathias n'avait probablement pas réalisé qu'il marchait depuis un bon moment. Il escalada la falaise et il s'assit pour admirer ce paysage splendide qui s'offrait à lui. C'était une zone vierge, nous aurions pu supposer que l'histoire de la Grèce s'était figée à cet endroit et le laissait susceptible d'invasion étrangère.

En haut de la paroi rocailleuse, il y avait un peu de végétation, mais sans plus, car le sol était aride. Il resta un moment à contempler cette mer énigmatique. Tranquillement, il revint vers moi qui avais délaissé mon livre pour profiter de l'eau cristalline. J'avais osé retirer le haut de mon maillot. Mathias courra pour déposer son cellulaire qu'il transportait dans ses poches en lieu sûr et vint me rejoindre. Il me serra près de lui, nos torses collés nus contrent l'autre, j'enroulai mes jambes autour de sa taille et mes bras à son cou. Je pouvais sentir les vibrations de son cœur contre le mien. Nous demeurâmes un instant à savourer ce bien-être.

— Est-ce qu'il t'arrive souvent d'enlever une partie de ton maillot comme ça?

— Si l'on rentrait à la villa? Il me semble que je pourrais retirer le dernier morceau qu'il me reste! Qu'en penses-tu? dis-je avec un regard rempli de défis. Mais juste avant, pourrais-tu aller récupérer mon haut, car je ne voudrais pas me donner en spectacle à ces gens qui viennent d'arriver?

— C'est toi qui as voulu te dévêtir ainsi! Assume-toi ma belle!

— Si c'est ce que tu désires, je vais montrer à cet homme ce que j'ai à offrir. Peut-être voudra-t-il m'accompagner à la villa. Je te donne l'option de garder l'exclusivité!

— C'est une excellente idée, tu m'allumes au plus haut point magnifique Canadienne de mon cœur... chuchota-t-il à mon oreille en la mordillant pour attiser la flamme et accentuer mon esprit intellectuel.

Sur le chemin du retour, il me révéla sa trouvaille matinale. Il faisait le tour de la propriété quand cette porte semblait lui dire, ouvre-moi!

Cette pièce de débarras qui n'était pas verrouillée était remplie de vieux souvenirs. Elle était pratiquement impénétrable bondée par tout son contenu. Sa poussière abondante et ses toiles d'araignées témoignaient que ça faisait longtemps que personne n'y était rentré. Il avait tassé quelques meubles pour avoir un meilleur accès à cette commode antique et qui devait appartenir à l'époque byzantine. C'était une œuvre magnifique et très originale, qu'il voulait prendre en photo pour en parler à Sofia, car ça devait valoir une coquette somme d'argent. En cherchant à la dégager, une planche de pin du parquet se souleva. Il se pencha pour la fixer quand il vit un vieux papier enroulé cloué à l'envers de la pièce de bois. Il la leva et décrocha ce parchemin qui disposait d'une carte et d'un mot écrit en grec à l'aide d'une plume...

« *À celui qui trouvera cette carte... un trésor qui changera l'histoire y est dissimulé. J'ai préféré le remettre à la mer... à vous d'en décider. Dimitrios 1854.* »

Le mot écrit en Grecque avait été traduit grâce à un outil de recherche. Je me questionne encore pourquoi Mathias ne m'en avait pas parlé immédiatement. La plus petite chose peut changer notre destin. Quelque chose arrive par hasard quand nous nous y attendons le moins... Puisque nous suivons un chemin que nous n'avions pas prévu, dans un futur improbable... Cela constitue en quelque sorte le voyage de notre vie... Chacun peut disposer de son propre avenir. Malheureusement, ce n'est pas tout le monde, qui fait le choix, de le poursuivre et de le vivre à fond!

Nous étions comme des gamins, nous avions l'impression que c'était le début d'une chasse au trésor qui s'amorçait pour nous. Nous devenions plus complices que jamais avec cette stupéfiante découverte. Nous songions à embaucher un pêcheur et faire des fouilles marines...

L'homme emporte avec lui son secret, ce qu'il renonce de divulguer durant sa vie. Il cache parfois un trésor espérant qu'il soit trouvé par les bonnes personnes. Nous semblions représenter ces gens privilégiés! Nous avions l'impression que quelque chose d'incroyable allait en ressortir. Nous avons choisi de plonger et de vivre ce rêve qui nous collait à la peau. C'est la force du destin qui avait fait en sorte que nous nous rencontrions et nous devenions non seulement témoin, mais faire une partie intégrante d'une histoire phénoménale encore jamais dévoilée.

Chapitre 9

Je n'en revenais pas! Fallait-il en parler à Sofia puisque la carte avait été trouvée dans son grenier? Et si ce n'était rien en fait? Mathias avait découvert une note avec un plan détaillé, où pouvait se situer un trésor. Pourquoi son arrière-grand-oncle Dimitrios avait choisi de garder le contenu secret et de le remettre à la mer? Ce n'est pas tous les jours qu'une telle aventure peut arriver. Ça partait d'un morceau de papier et nous verrions où cela pouvait nous mener.

— Regarde Mathias, il y a un mot sur la carte « *Regina, in quo ipsa est merito amorem. Historia fabulam commutavit scies* » *Vale M-A*. Qu'est-ce que cela peut bien vouloir dire? C'est trillant!

Nous étions assis côte à côte avec nos ordinateurs posés sur la table de la salle à manger ainsi que des sodas et de la nourriture.

— Attends, je vais vérifier... Selon moi, ce serait soit écrit en grec ancien ou en latin. C'est plus simple que je ne le pensais, j'ai déchiffré : *ma reine, le véritable trésor se trouve là où se conjugue l'amour. Tu découvriras une nouvelle qui changera le cours de 'histoire.*

Nous nous sommes regardés stupéfaits essayant de comprendre un indice dans ce message. Qui pouvait bien appeler sa femme ainsi!

— Ma reine! Est-ce qu'une monarchie a vécu en Grèce? Qui serait Vale M-A et de quelle époque daterait cette carte? Questionnais-je à voix haute tout en cherchant sur Internet.

— Ici, il est indiqué que Vale était une formule de politesse qui voulait dire, porte-toi bien ou adieu selon le cas! À en juger par le papier, il s'agirait probablement d'un papyrus. Ça pourrait remonter à l'antiquité, car on les utilisait jusqu'à la renaissance. Je suis surpris qu'il soit en si bonne condition, fascinant qu'avec l'humidité, sa structure ne ce soir pas désagrégée.

— Tu te rends compte que quelqu'un d'une autre époque a laissé un message et c'est à nous de découvrir la clé de l'énigme? Ça commence vraiment à faire un voyage hors du commun. Tu as bien fait de me venir me retrouver ici après réflexion, tu ne le crois pas, monsieur le journaliste qui espérait trouver la grande nouvelle! Peut-être que quelqu'un nous joue un tour mais qui sait, peut-être que ton souhait deviendra une réalité? suggérais-je avec un peu d'ironie.

— Absolument! Je vis le plus mémorable moment de ma vie et nous allons enquêter pour peut-être élucider un mystère qui changera l'histoire que nous connaissons! Quelque part, est-ce que nous sommes cons de penser que ça pourrait être vrai?

— Lorsque le fou persévère dans sa folie, il rencontre la sagesse! Tout à fait, nous sommes partenaires dans cette aventure. Mon roman attendra même si tu m'inspires et grâce à toi, les mots s'enchaînent mieux. J'ai toujours dit qu'un mot seul n'a aucune valeur, quand jumelé à d'autres, ça forme de beaux textes.

— Kate la poétesse! Il faudrait trouver un pêcheur qui pourrait nous emmener en mer.

— Je vais demander à Sofia, elle m'avait parlé d'un Gabriel qui est guide ou peut-être en aura-t-elle un autre à nous recommander.

— C'est une brillante idée! Nous pourrions investiguer sur M-A qui appelait sa douce, sa reine! Voudrais-tu que je te surnomme ainsi? proposa-t-il.

— Excellente idée, je suis une femme accomplie, donc ce titre me convient parfaitement.

Chacun travaillait en solitaire sur son ordinateur à la recherche des indices. De temps à autre, il me caressait le dos ou il me jouait dans les cheveux. D'autres fois, je lui donnais un baiser et je continuais d'investiguer. Une information qui changerait l'histoire? Qu'est-ce que cela pouvait bien être? Nous lancions des idées quelque peu loufoques. J'eus un *flash* et proposai à la blague qu'il puisse s'agir de Marc-Antoine et la reine Cléopâtre que Mathias eût parlé dans sa chronique en matinée. Cela prit deux heures pour en arriver à cette première hypothèse qui devenait plausible. Plus nous regardions les possibilités, et plus cette probabilité se transformait en une évidence.

— Ma beauté, ça fait quelques heures que nous cherchons des indices et ça nous ramène toujours aux mêmes faits. Tout comme toi, j'ai la vive impression que Marc-Antoine aurait laissé à Cléopâtre un message. Reprit-il avec conviction.

— Qu'est-ce qui t'emmène à penser ça?

— C'est ici que Marc-Antoine et Cléopâtre se détendaient loin du brouhaha de leurs vies respectives. Tu savais qu'ils étaient amants?

— Ah oui, quelle surprise!

— Après la mort de Jules, Marc-Antoine voulut se venger et la tuer, car elle était l'instigatrice de son meurtre. Mais il fut séduit par la reine d'Égypte et ils ont vécu une puissante relation amoureuse qui fut légendaire tout en inspirant plusieurs films et pièces de théâtre. Après la naissance des jumeaux, ils se sont mariés en Égypte malgré le fait qu'il était déjà uni à une autre. C'était un peu un classique à cette époque.

— Tu es une vraie encyclopédie sur deux pattes Mathias! C'est sans cesse une belle découverte ce que tu m'apprends.

— Je dois d'abord remercier mon téléphone intelligent qui me permet d'être bien informé en tout temps. Ces deux légendes se sont aimées passionnément. Marc-Antoine dans un moment de désespoir s'est poignardé avec une épée croyant au suicide de Cléopâtre.

— Elle s'était enlevé la vie, interrogeais-je triste d'entendre ce tragique récit.

— Malheureusement non, il s'agissait d'une fausse annonce! On raconte que c'est la reine qui le trouva gisant au sol. Elle se laissa piquer par un serpent et mourut à son tour.

— Quelle histoire déchirante!

— Avec ce texte que nous avons trouvé, tout porte à croire que Marc-Antoine a donné des informations pour que sa reine puisse découvrir un trésor ici même en Grèce. Je me questionne par-contre à savoir comment cette carte a pu arriver dans cette maison construite par Dimitrios.

— Réalises-tu Mathias que nous détenons probablement quelque chose de gigantesque? Ne faudrait-il pas en aviser les autorités concernées?

— Un bon journaliste investigue et il révèle ses sources le moment opportun. Soyons patient, ça va rajouter du piquant à ton roman. J'ai l'impression que les autorités ne nous prendraient pas au sérieux.

— Reportons notre visite du mont Athos à vendredi. Demain, nous pourrions organiser notre recherche et ça nous donnerait deux jours pour faire de la plongée sous-marine. En espérant que les conditions le permettent.

— Peut-être apprendrons-nous pourquoi Dimitrios a agi ainsi. Si je comprends bien la carte, il serait situé à environ mille trois mètres de la côte. Selon Internet, un raz de marée arriva le vingt et un juin 365 inonda une portion de la terre.

— Et tu penses que personne n'a encore rien découvert depuis qu'il a remis le contenu à la mer en 1854?

— C'est à nous de le trouver...

Incroyable qu'une telle saga ait pu tomber si subitement et facilement dans les mains d'un journaliste et d'une écrivaine. Nous appelons cela le destin! Quelle évidence qu'un bon roman en serait inspiré et ça produirait un tremplin pour la carrière de Mathias? Seulement d'avoir élucidé ce message de Marc-Antoine à Cléopâtre était toute une découverte. Je percevais beaucoup de génie dans mon partenaire. Nous formions une excellente équipe. Mathias tenait à ce que nous soyons solidaires dans le projet, nous avions chacun nos forces.

Quoique de prime abord, cela puisse paraître absurde, il demeurait possible que cette idée devienne quelque chose de réel. Nous localiserions le trésor... nous le savions!

*****

La seconde journée suivant cette trouvaille, nous allâmes un peu partout pour nous procurer le nécessaire pour nos éventuelles plongées. Une fébrilité nous habitait espérant dénicher quelque chose de concret. Sofia nous avait donné les coordonnées de Gabriel, elle était convaincue qu'il correspondait à la meilleure référence pour nous, car il avait un bateau et il connaissait parfaitement les eaux. Nous l'avons rencontré à la Plagia Taverna en début d'après-midi, il avait réussi à se libérer rapidement. Il était aussi coloré que le descriptif qu'en avait fait mon amie. Gabriel arriva habillé de façon disparate. Ce grand homme mince de trente-deux ans portait une barbe de quelques jours, avait des cheveux longs abîmés par le temps sous un chapeau en toile kaki avec une camisole rouge pompier et un bermuda orangé. Pour compléter ce look, il avait des bas bruns qui lui montaient jusqu'au milieu des mollets dans une paire de sandales. Il était difficile à louper. Il était préférable pour lui de garder sa bouche fermée, car ses dents manquantes et les autres croches ne l'avantageaient pas.

— Bonjour, tu dois être Gabriel? dit Mathias en s'approchant de lui.

— Enchanté, je suis Gabriel!

Mathias et moi, nous aperçûmes qu'il était un peu crédule comme mentionné par Sofia et aussi pas le plus doué en anglais. Nous lui montrâmes la carte avec le secteur que nous voulions explorer dès que possible. Gabriel ne comprenait pas pourquoi nous tenions à fouiller cet endroit précis, car personne ne s'y aventurait avec la mer parfois agitée et la plupart du temps embrouillée. Il supposa qu'il devait y avoir de plus beaux poissons. Il nous considéra comme des gens excentriques, tout comme nous qui le trouvions curieux!

— Il y a des zones interdites. Je ne connais personne qui plonge là, car le récif est souvent brouillé.

— J'aimerais y aller, si cela ne te dérange pas!

— Comme vous voulez! Je monterai la garde pendant que vous explorez les fonds marins. Est-ce qu'on peut se retrouver au port demain à six heures trente?

C'est ainsi que nous sommes tombés sur Gabriel qui collaborerait avec nous dans cette recherche. Sofia m'avait mentionné qu'il n'était peut-être pas le plus éloquent pour de belles conversations, mais quand nous parlions de l'eau, il était difficile à surpasser. Nous le trouvions tellement hilarant, car il n'avait pas de filtre. Sa mère l'avait nommé Gabriel en l'honneur de l'ange, croyant qu'il en était sa réincarnation.

*****

Sofia et Panaviotis avaient préparé du poisson sur le grill avec une salade grecque accompagnée d'une bouteille de vin.

Mathias était séduisant avec son bermuda beige avec sa chemise blanche en lin. Pour ma part, j'étais vêtue d'une robe fleurie dans les teintes de framboise qui, je pense, m'allait bien. À côté de Mathias, je donnais l'impression d'être délicate, d'une part avec la différence de grandeur et aussi avec ma peau qui ressortait si pâle en comparaison à lui, malgré les belles couleurs prises dans les derniers jours.

La petite Alexia jouait avec un ballon à notre arrivée et elle vint nous accueillir en courant. Elle s'exprimait uniquement en Grecque, mais son langage corporel démontrait qu'elle était heureuse de notre présence et à voir son regard, je crois bien qu'elle trouvait Mathias de son goût. Il s'agenouilla devant elle, comme un prince charmant, il lui prit la main pour déposer ses lèvres dessus, comme il l'avait fait lors de notre rencontre à Santorin. À partir de cet instant, elle ne le lâcha pas plus d'une semelle.

— Alors les amoureux, comment allez-vous? S'informa Sofia

— Je suis séduite par ton magnifique pays Sofia et la maison, elle est parfaite, je crois bien revenir tous les ans! Nous avons rencontré Gabriel en après-midi.

— Raconte-moi, comment l'avez-vous trouvé?

— Coloré! lançais-je souriante me remémorant le personnage unique qu'il faisait.

— Ce n'est pas le plus intelligent, mais il est sympa et mordu de la mer. Il gagne honnêtement sa vie. Le prendrez-vous comme guide?

— Tout à fait! On doit le rejoindre au port demain matin à six heures trente.

— Êtes-vous allés à Chalkidiki?

— J'ai raffolé! Nous sommes arrêtés à Possidi, nous avions la plage de sable fin que pour nous deux.

— Cela est fréquent en juin d'avoir une plage vide pour soi. Attends de voir la deuxième portion de Chalkidiki, c'est encore plus inexploré, c'est la partie que je préfère.

Sofia m'avait expliqué à l'aide d'une carte géographique que la parcelle terrestre formait un « M » dans la mer. Les gens appelaient les trois pattes, deux premières étaient sauvages et la troisième appartenait au mont Athos, lieu sacré de la religion orthodoxe.

Je regardais Mathias faisant des dessins à la craie avec Alexia. Il semblait bien se débrouiller avec les enfants. Et il était amusant de le voir faire des signes pour essayer de se faire comprendre par cette dernière car la barrière linguistique ne semblait pas les arrêter!

— As-tu des enfants Mathias? le questionna Panaviotis en lui tendant une bière.

— Non, mais j'ai du plaisir à jouer avec eux! Reprit-il au même moment que la petite lui sautait au cou pour lui offrir un câlin.

— Si cela ne fonctionne pas avec Kate, je crois bien que tu as une touche ici! ajouta-t-il en riant de bon cœur.

Mathias leva les yeux en ma direction et je constatais tout le bonheur qui en ressortait. De voir cette scène naturelle se dérouler m'émouvait. J'avais presque oublié que ce besoin si fort d'être mère m'avait paralysé de profiter de la vie et d'être heureuse. Je réalisais que ce n'était pas la société qui m'avait donné envie d'un enfant mais un amour profond pour ceux-ci. Je savourais l'instant présent depuis les derniers jours et cela me comblait amplement. Les hommes regagnèrent la terrasse sur laquelle nous étions avec Alexia dans les bras de Mathias.

— Je lisais un truc sur Internet, est-ce vrai que Marc-Antoine et Cléopâtre ont vécu en Macédoine? S'informa Mathias.

— C'est ce qu'on nous a raconté dans nos cours d'histoire, mais ce n'était pas ma matière favorite, reprit Panaviotis.

Après le souper, la petite Alexia est venue nous souhaiter bonne nuit. Elle était attendrissante en répétant les mots que sa mère lui chuchotait à l'oreille. Il était près de vingt heures trente et le soleil touchait à la mer pour sa dernière révérence du jour. C'était une scène magnifique et je saisis ma caméra pour l'éterniser. Mathias me donna un baiser et je me délectais de ce moment magique qui fut quelque peu terni par la suite.

Nous avons amorcé une partie d'un jeu de société. Cette soirée presque parfaite fut sabotée un peu à cause de l'alcool. Mathias devint un mauvais perdant et son caractère disgracieux me désolait, provoquant un inconfort généralisé. Je nous excusai auprès de Sofia et décidai qu'il était temps pour nous de rentrer...

Quand nous arrivâmes à la villa, j'étais encore furieuse de ses agissements. C'était irrespectueux ce qu'il venait de faire et rien ne pouvait pardonner son comportement navrant.

— Était-ce nécessaire d'être aussi mesquin avec nos hôtes? lançais-je choquée.

— Je n'ai pas été déplaisant! Chercha-t-il à se défendre.

— Tu es bien le seul à le penser... Je n'ai pas apprécié l'attitude que tu as eue et je crois que tu devrais dormir seul cette nuit.

Mathias alla s'enfermer dans l'autre chambre. Il claqua la porte si brusquement que le cadre sur le mur voisin tomba au sol. Je ne le reconnaissais plus. Je crois bien que rarement une femme lui avait tenu tête! Rocky qui se promenait dans nos jambes content de nous voir fut apeuré par ce geste rude. Je le pris dans mes bras pour le rassurer et nous rentrâmes dans ma chambre.

Je cherchais à le comprendre et à l'analyser. Cette soirée-là avec un trop-plein d'alcool ça semblait plus facile de m'aimer comme une ennemie... Avait-il peur de se laisser aller de crainte de blesser? Des larmes coulaient sur mes joues. Je déplorais ses agissements et je pensais nous avoir éloignés à jamais l'ayant repoussé en lui dictant de coucher dans la seconde chambre.

J'entendis les pas de Mathias s'approchant de ma porte qui était entre-ouverte. Mon cœur battait la chamade. Il cogna deux petits coups et me demanda si je dormais.

— J'essaie de dormir, répondis-je sur un ton calme.

Cela le déstabilisa, car il me croyait furieuse et malgré tout, je demeurais cette douce Kate.

— Je peux rentrer?

J'allumai la lampe de chevet et mes yeux devinrent éblouis par la lumière. Mathias s'avança avec les épaules basses. Il était encore tout habillé. Il s'assit sur le lit au côté de moi et de Rocky qui semblait nous avoir adoptés. Mathias ne savait pas trop par où commencer.

— Je suis désolé pour ce soir, je le suis sincèrement, débita-t-il en éclatant en sanglots.

Je le regardais dans sa vulnérabilité et lui pris la main.

— Je n'ai jamais pensé qu'il était possible de ressentir un sentiment si grand envers quelqu'un. Je suis sidéré... Maintenant, j'appréhende que tu me quittes à cause de mon comportement irréfléchi. Je trouve ça génial ce qu'on vit en ce moment. Et j'aimerais voir où cela pourrait nous mener au-delà de la Grèce.

Il n'avait pas terminé, il fit une pause avant de poursuivre.

— J'ai fermé mon cœur pour les mauvaises raisons. Je serais prêt à l'ouvrir pour toi. Tantôt je repensais à la charmante Alexia et je me suis dit que ça serait chouette qu'elle soit notre enfant! Je suis convaincu que nous pourrions être heureux! Ce que nous vivons est intense et vrai. La rencontre d'un grand amour comme le nôtre est le rêve de tous... très peu seront ouverts à l'accepter et pourront le vivre.

Je l'enrobai de mes bras et le couvrais de baisers. Nous restâmes un bon instant ainsi. C'était attendrissant de voir un homme exprimer ses faiblesses.

— Je rencontrais les femmes en voyage, car elle n'était pas menaçante... Mais je t'ai trouvé mon trésor et je ne voudrais pas te perdre. Ça me fait penser à un message lu sur Internet il y a un moment... « *les gens disent si peu souvent qu'ils s'aiment, qu'il est parfois trop tard quand vient le temps de retenir l'amour qui part; alors quand je te dis : "Je t'aime", cela ne veut pas dire que tu ne partiras jamais, mais que je souhaite que tu n'aies jamais à le faire.* » Voilà, je ne tiens pas à ce que tu partes car je suis si bien avec toi ma belle Kate du Canada.

Quelle douce réconciliation, je l'embrassai de toute mon âme. Je déboutonnai sa chemise et l'aidai à se dévêtir. Nos deux corps nus enflammés allaient s'aimer des heures durant. Chacun son tour à se procurer des moments d'intenses plaisirs. Nos odeurs chaudes entremêlées nous droguaient d'amour. Mathias me possédait entièrement, s'inséra en moi, tel un foreur dans une mine. C'était simple, c'était bon, c'était l'apothéose charnelle!

Chapitre 10

Nous nous réveillâmes quelques fois durant la nuit pour nous consumer en guise de rapprochement. Les bas instincts eurent le dessus sur tout le reste... Mon corps se liquéfiait à l'idée de me faire prendre en charge par mon mâle débordant de testostérone. Ces échanges de fluides augmentaient la proximité de nos deux êtres. Je me laissais submerger de tout mon être. Nous nous fusionnons l'un dans l'autre sans savoir où s'arrêterait cette euphorie.

Mathias se leva le premier. Il alla préparer le café qu'il m'apporta au lit. Il en avait profité pour cueillir une fleur dans le jardin pour égayer ma journée. C'était une attention qui ne passa pas inaperçue. Rocky le suivait partout, ils étaient devenus les meilleurs amis du monde depuis qu'il lui servait une canne de thon tous les jours avec un bol rempli d'eau et un second de lait. Le jour, nous laissions la porte-fenêtre du deuxième niveau entre-ouverte, ainsi il pouvait rentrer et sortir à sa guise

— Bon matin ma douce! Je suis tellement content que tout se soit replacé entre nous.

— Je le suis également, tu me plais beaucoup Mathias Ortiz, vraiment!

— Je te promets de tout faire pour être le plus parfait des compagnons, d'être l'homme que tu mérites. Si toutefois, je te déçois, dis-le-moi afin que je puisse me réajuster. Je t'aime ma belle Kate du Canada et je ne voudrais pas te perdre sous aucun prétexte.

— Tu le sais que c'est réciproque mon magnifique journaliste! Je t'aime pour ce que je suis en ta présence. Je découvre une joie que je ne connaissais pas. Je t'ai mentionné le mythe à propos de Chalkidiki?

— Il y en a un?

— Si en entrant dans la mer, tu perds pied et quelqu'un t'empêche de tomber... Apparemment qu'un mariage suivra dans le même mois.

— Cela explique peut-être ton rêve de l'autre nuit. C'est un peu n'importe quoi cette anecdote! Je ne t'aurais jamais laissé trébucher! me révéla-t-il en déposant un doux baiser matinal sur mon front.

Un chaton cherchait lui aussi à attirer l'attention. Rocky chassait la mouche qui volait un peu partout dans la pièce. Il était tellement adorable.

— Me suggères-tu que tu deviendras ma femme bientôt? dit-il en m'embrassant passionnément, me faisant perdre la tête quelques minutes.

Je ne savais pas comment il réussissait à me bouleverser au point d'en avoir des larmes de bonheurs dans mes yeux lorsqu'il me touchait ou m'offrait un moment de tendresses. En si peu de temps, lui aussi semblait changer. Nous aurions pu croire que du jour au lendemain, l'engagement ne lui faisait plus peur! Peut-être devions-nous nous rencontrer pour enfin nous envoler vers un destin plus harmonieux et cesser de nous tourmenter pour des pacotilles. Ses mains entreprenantes caressaient ces parties sensibles qui me faisaient vibrer de tout mon être.

— Ne commence pas quelque chose que tu ne pourras terminer, Mathias Ortiz!

— On remet cela à ce soir ma belle... Tu porteras ta plus jolie robe, je te sors!

Mathias et moi prîmes la route pour Floglita. Gabriel nous attendait au port. Nous marchâmes main dans la main avant d'embarquer sur le bateau précédé de notre capitaine qui était encore une fois très énergique et tout en couleur. J'envisageais de lui parler pour l'aider à harmoniser son linge pour lui rendre justice. Un short bleu poudre avec de grosses fleurs avec un t-shirt rouge « Je t'attends au bar » et des bas dans les sandales, ne lui donnait pas fière allure.

C'est vrai ce qu'avait dit Sofia. Gabriel avait un talent à lire les cartes nautiques et il s'orientait à la perfection. À cinq ans, son père l'avait initié à la plongée sous-marine. Il se surnommait « le serviteur des eaux ». Mathias avait déjà enfilé sa combinaison et son matériel confiant qu'il ferait de bonnes plonges. Il était un piètre nageur mais excellait dans ce sport. Je resterais en surface à me détendre ou peut-être faire un peu d'apnée. Gabriel ancra le bateau de pêche à une vingtaine de mètres du lieu que nous lui avions demandé sur la carte.

— La mer peut être agitée et il y a des courants en profondeur. Voici une lampe qui devrait être utile. Le fond se trouve à vingt-trois mètres. Je surveillerai au cas où la garde côtière passerait, car on n'a pas le droit d'être ici. Si je tire sur la corde quatre coups secs, ça voudra dire de rester au fond et je vais prétendre pêcher ou j'inventerai une histoire. Si toi, tu as un problème, tire deux fois. C'est bon pour toi?

Gabriel était consciencieux dans son travail et nous l'appréciâmes! Mathias bascula dans la mer avec tout l'équipement prêt pour une première exploration. Ce n'était pas évident, car il ne savait pas quoi chercher. L'eau était trouble et il y avait des rochers. Il examinait les parois et les entrées dissimulées par une abondance d'algues et de planctons. De nombreux poissons y nageaient, semblant cohabiter joyeusement dans cet environnement.

J'en profitais pour me jeter moi dans la mer et de faire de l'apnée afin d'admirer la faune aquatique. Aussi, je ne voulais pas éveiller un doute dans l'esprit de Gabriel.

Mathias fit le tour et essaya de rentrer dans un trou qui ressemblait à une grotte. Puisqu'il furetait en profondeur, il dut changer pour sa deuxième bonbonne au bout de la première demi-heure. Il continua d'observer, mais il ne voyait rien qui pouvait lui rappeler un trésor. Il remonta à la surface en faisant bien son palier de décompression, même s'il n'était pas nécessaire pour sa première plongée.

— Alors patron, as-tu trouvé de beaux poissons?

— Absolument et j'aimerais qu'on revienne ici.

— Tu les as vraiment adorés ces poissons! suggéra Gabriel en riant de bon cœur.

— C'est exactement ça! lui répondîmes à l'unisson.

*****

De retour au port, nous allâmes casser la croûte à la Plagia taverna, où Angela vint nous accueillir avec gentillesse. Ça m'impressionnait de réaliser à quel point la température était idyllique, d'agréables vingt-huit ou vingt-neuf degrés Celsius avec un soleil qui brillait pratiquement douze heures par jour. La pluie se faisait rare. Mathias et moi prîmes une salade tandis que Gabriel s'empiffra d'un gyros au porc. La sauce blanche lui coulait jusque sur le menton. Mathias se retenait pour ne pas lui essuyer. Nous fûmes un peu dégoûtés de le voir parler tout en mangeant. Nous apercevions toutes les couleurs de son repas et le plus surprenant était de l'entendre saper. C'était loin d'être élégant. Sûrement qu'une leçon de bienséance lui serait bénéfique, ai-je pensé, suivi d'une leçon vestimentaire, évidemment!

— Ça semble bon mon Gabriel! ironisa Mathias.

— C'est déééééélicieux!

— Il y a longtemps que tu fais de la plongée?

— Oui très.

— Qu'est-ce que tu aimes de ce sport?

— C'est le fun!

— Ça fait un moment que tu es guide?

— Pas mal, oui.

Décidément, il n'était pas le plus bavard. Mathias qui cherchait à faire un peu connaissance se demandait comment susciter un peu plus d'intérêt. J'avais été jaser avec Angela que je trouvais sympathique.

— Qu'est-ce qui te passionne dans la vie?

— Les femmes.

— Ah oui, et pourquoi dont?

— Une femme, c'est beau!

— Quel est ton genre?

— Je les aime toutes, les petites, les grandes, les minces, les dodues! Elles sont charmantes de toutes les formes et de toutes les tailles! affirma-t-il naïvement.

— As-tu une amoureuse?

— Tu dis une? J'en ai plusieurs, aucune ne me résiste! Ma maman a toujours mentionné que j'étais comme un dieu grec, expliqua-t-il avec beaucoup de confiance.

— Comment fais-tu pour gérer ça plusieurs blondes?

— C'est facile : chacune sa journée!

— Savent-elles que tu en vois plusieurs en même temps?

— Ben non! s'exclama-t-il. C'est un secret... Allô, il ne faudrait pas qu'elles l'apprennent!

Gabriel ce drôle de numéro avait une double vie, une quadruple même! Cet homme transparent un peu naïf révélait tout dans les moindres détails. Mathias se bidonnait et il avait hâte de me raconter. Son interlocuteur perdait graduellement sa timidité et plus il ouvrait la bouche plus il disait n'importe quoi. Gabriel pensait que nous aimions les poissons et c'était bien ainsi.

Nous retournâmes au milieu de l'après-midi. Mathias se prépara pour une seconde plongée. Les deux bonbonnes d'oxygène avaient été remplies et il devait explorer d'autres fonds. Il invoqua Poséidon, le dieu de la mer pour l'aider à trouver au moins une piste. Tout allait dépendre d'un grand coup de chance. L'eau s'était éclaircie. Il se dirigea vers la droite et il remarqua quelque chose qui ressemblait à trois murs un peu en retrait. Nous aurions dit une maison ensevelie en partie par le sable. Des poissons passaient allégrement par le trou de la fenêtre. Mathias ressentit quatre coups de cordes... Il devait se faire discret. J'espérais que le patrouilleur ne s'aperçoive de rien. Je me suis approché de lui pour ne pas éveiller de soupçons en attirant son attention sur autre chose. Cet homme trapu dans la soixantaine ne semblait pas surpris d'y trouver sa cloche sympathique du village. Plusieurs le surnommaient ainsi.

— Que fais-tu ici Gabriel?

— J'ai pensé que ça pourrait être bien de changer d'endroit pour pêcher, mais jusqu'à présent, je n'ai rien attrapé. C'est Kate, ma nouvelle flamme du Canada, mentionna-t-il en riant en me serrant contre lui.

— Tu comprends pourquoi les gens ne viennent pas et qu'il faut une permission pour y plonger. Le sermonna-t-il.

— C'est clair! Désolé Costa... Bonne journée l'ami!

— Bon après-midi petit et enchanté Kate du Canada!

Gabriel eut quelques gouttes de sueur qui lui coulèrent sur le front. Il tira à nouveau sur la corde pour avertir que le chemin était libre. Mathias qui attendait commençait à être à bout de souffle fut soulagé. Quelques minutes plus tard, il se laissa tomber dans le bateau, épuisé par sa plongée dans les fonds marins.

— Qu'est-ce qui est arrivé tantôt?

— Un patrouilleur est venu me dire que je ne pouvais pas pêcher! Je lui ai mentionné que Kate était ma blonde.

— Il ne s'est douté de rien?

— Non, parce que je suis rusé! Ajouta-t-il en nous faisant un clin d'œil.

— Tu crois que nous pourrions revenir exactement ici, demain? J'ai aperçu quelque chose et j'aimerais revoir de plus proche avec une caméra.

Nous arrivâmes quarante-cinq minutes plus tard au village. Même si le lieu était à mille mètres du rivage, c'était à une bonne distance au sud de Floglita là où les terres étaient vierges et difficiles d'accès par voiture. Ce fut une journée riche en émotion pour Mathias qui pensait peut-être avoir trouvé un semblant de piste pour son trésor.

Est-ce que le dieu des mers lui avait révélé cet indice afin de lui donner l'espoir pour continuer? Mathias se fit mystérieux et demanda quelques minutes pour faire une course d'une grande importance dit-il. Puisqu'il s'agissait d'un secret et qu'il vaut mieux savoir cacher ses sources, il dissimula bien sa surprise.

Je me promenais dans le village quand je le vis jaser avec sa grande rousse de la plage. Qui pouvait-elle être? Je suis allée l'attendre à la voiture qui était garée près de la rue principale bondée de commerces de tout genre. Il revint d'un pas confiant avec les mains vides. Quelle était cette course si importante s'il revenait bredouille? Flirtait-il deux dames en même temps? Une blonde et une rousse... Il ne lui manquait plus qu'une brunette!

— Tu sembles mystérieux mon bel homme! Dis-moi, as-tu trouvé quelque chose dans les fonds marins? Je n'osais pas poser la question devant Gabriel.

— J'ai aperçu à la toute fin les murs d'une maison. Je m'interroge à savoir si cela peut représenter une piste.

— Raconte-moi tout!

— Je vais le faire plus tard si cela ne te dérange pas, j'aimerais aller voir Sofia et Panaviotis et m'excuser pour mon comportement lamentable d'hier avant de sortir en ville!

— C'est gentil à toi Mathias. Nous en reparlerons plus tard.

Mathias me donna un bref baiser avant de se diriger seul chez Sofia. Toute la famille flânait dans la cour à prendre un bain de soleil. Alexia sauta dans les bras de sa nouvelle flamme et ne le lâcha pas. L'histoire de la veille était déjà chose du passé. Mathias raconta notre journée avec Gabriel et parla d'un projet secret à nos amis. Il montra à Sofia, son présent acheté lors de la course mystérieuse afin qu'elle approuve. Mathias revint à la villa une demi-heure plus tard. J'étais sous la douche. Il eut la brillante idée de venir me rejoindre et de faire un jeu de rôle avec moi.

— Mademoiselle, j'ai remarqué que votre porte n'était pas verrouillée. Puis-je vous admirer? demanda-t-il avec un accent grec amplifié qui sonnait faux.

— Il faudra le faire discrètement, car mon amoureux devrait arriver d'une minute à l'autre. Repris-je à la blague.

— Vous réalisez que vous avez de belles courbes?

— Vous trouvez?

— J'ai vu plusieurs montagnes aujourd'hui, et il n'y a rien de comparable aux vôtres! Si vous étiez à moi, je vous le rappellerais tous les jours à quel point vous êtes sexy!

— Vous feriez ça vous? Qu'est-ce qui vous fait penser que mon amoureux ne me le mentionne pas?

— Je suis un dieu grec, vous savez? Je peux vous montrer pourquoi les poutres de l'acropole sont encore debout!

— Prouvez-le-moi, j'aimerais le constater. Enlevez vos shorts! ai-je révélé ardente de plaisir avec ce jeu de séduction.

— Mademoiselle, voici votre plus grand souhait enfin réaliser...

Mathias se retrouva nu devant moi avec sa charpente bien droite.

— Vous n'avez pas menti, c'est une belle verticale que je vois là! Faites vite et entrez me visiter!

Mathias rentra sous la douche et m'enlaça par en arrière. Il mordilla mon cou tout en tenant fermement mes seins endurcis. L'eau coulait sur nos corps bronzés. Il frottait son membre dur contre mes fesses pour se faire désirer davantage. Le rythme de nos respirations s'accélérait. Il me fit pivoter pour m'avoir de face. Les lèvres de Mathias étaient suaves et elles exploraient mes courbes. Je me laissai d'abord aller à cet élan passionnel et je le suppliai de me prendre et de me donner le plaisir absolu que seul un dieu grec bien constitué puisse combler.

Chapitre 11

La soirée de la veille à Thessalonique fut étonnante. Mathias avait trouvé ce restaurant sur l'Internet et ça s'avéra être une belle découverte. Nous avions l'impression d'être à bord d'un bateau de croisière avec cette vue avancée sur la baie. Avec un chic décor, invitant au romantisme et à y rester longuement, nous arrivâmes justes à temps pour observer le coucher de soleil qui venait de toucher l'eau. Nous l'avons comparé à celui d'Oia sur l'île de Santorin. Nous pouvions difficilement trancher sur celui que nous préférions, car tous deux étaient exceptionnels.

Je me laissais aller au rythme de la musique traditionnelle qui donnait cet air agréable à tous les endroits. Ce restaurant offrait de la nourriture de qualité, présentée avec simplicité, convivialité avec une générosité de saveurs et d'arômes. Tout était délicieux, de l'entrée de *mezzé*, composée de petits plats combinant des feuilles de vigne, des tomates farcies à la feta et de fromages flambés. Suivi par un mijoté d'agneau dans lequel les parfums de menthe, de fenouil, d'aneth et d'ouzo se mélangeaient subtilement pour le plus grand plaisir de notre palais, le tout servi avec une salade grecque. Accompagnés par un vin de la région de la Macédoine. Nous ne pouvions pas demander mieux!

— Tu savais que le mot Épicure vient de la Grèce Antique? informais-je Mathias, fière d'avoir lu sur le sujet. À l'époque d'Alexandre le Grand et d'Aristote, les Grecs proclamaient qu'il y a eu eux et que les autres étaient des barbares. Suite au décès de ces derniers, plusieurs voulurent s'approprier les idéologies. Il apparut deux écoles de pensées : les Stoïcismes et les épicurismes. Le premier fait la distinction entre le cœur, c'est-à-dire la passion et l'esprit duquel découle la raison. En gros, l'individu doit faire la relation entre ce qu'il contrôle et ne contrôle pas. Tout ce qui lui arrive est l'expression du destin.

— Intéressant!

— L'épicurisme prétend avoir le secret au bonheur qui passe par le plaisir et la douleur. On est poussé par l'un ou par l'autre. La douleur est le manque, tandis que le plaisir est le plein. Il rejetait tous les enseignements de Platon et d'Aristote. Ces années-ci, il y a eu une grande déviation de la doctrine et l'usage du terme « épicurien » pour sembler « in » est erroné! Étant donné que la faim est un mal, on trouve son bien-être dans la nourriture.

— J'ai une question pour toi... Pourquoi tu n'as jamais été marié?

— Peut-être je n'ai seulement pas trouvé celui à qui j'aurais aimé dire oui!

— Et comment le vois-tu cet homme?

— C'est plus le sentiment qu'on développe en dedans pour une personne et l'émotion que nous avons en sa présence... J'ai toujours dis qu'il devra correspondre à la chanson Somebody de Dépêche Mode... Tu connais?

— Je suis Latino... pas Nord-Américain!

— Oui, je sais que tu es loin d'être parfait Mathias! En gros, ça se résume que je veux trouver cette personne avec qui je serai moi-même tout en étant supporté et aimé.

— Ne cherches plus, tu m'as trouvé!

Il faisait son farceur mais je savais pertinemment que dans chacune des blagues, il y a toujours un fond de vérité. Après ce savoureux repas dans une ambiance décontractée, nous marchâmes sur la promenade du bord de mer avant de rentrer à la villa. Le sommeil eut raison de nous. Confortablement emmitouflée dans les bras de mon homme, je lui murmurai :

— Bonne nuit M., merci pour cette superbe soirée!

— Merci à toi Kate. Je t'ai dit aujourd'hui que tu me plais beaucoup?

— Pas encore, c'est pour ça que je te quitte pour rejoindre mon meilleur... Morphée!

— C'est atroce, tu me laisses pour un type qui ne représente qu'un mythe.

— Jaloux, va!

C'est ainsi que nous nous endormîmes paisiblement bercé par la sérénité de l'instant. Je me réveillai en sursaut, Pierre vient me hanter une dernière nuit. Pourquoi, aussi loin qu'en Grèce, ce fantôme me pourchassait-il? Je m'imaginai un fil nous reliant ensemble, je pris une paire de ciseaux fictive, lui pardonnai et je coupai ce lien qui nous unissait. Un sentiment de liberté m'envahit et je me lovai contre cet homme merveilleux qui me comblait véritablement. Dans le fond, je venais de me résigner à vouloir tant contrôler chaque élément de ma vie et j'acceptais que ce ne soit pas parce qu'une femme n'a pas eu ce que la société lui dicte, qu'elle ne puisse être accomplie pour autant.

Nous aurions pu penser au jour de la marmotte. Mathias me donna un bref baiser sur le front et se leva pour préparer le petit-déjeuner pendant que je dormais à poings fermés avec un petit Rocky qui prenait beaucoup d'espace dans le lit malgré sa petite taille. Je repensais à notre discussion de la veille sur le mariage. J'étais surprise que cette question vienne de lui... Avait-il autant évolué en si peu temps? Une délicate note était posée sur la table de nuit.

Kate,

Ma tendre chérie... Je ne pourrai me lasser de te regarder dormir! Viens me rejoindre au jardin, une surprise t'attend!

Fais vite, ma belle!

Mathias xx

Je souriais en lisant ce message. C'était une charmante attention. Quand nous laissons parler notre cœur, il n'est pas nécessaire de choisir ses mots. J'avais hâte d'aller voir ce qui m'attendait au jardin. Il avait servi le repas. Sur la table étaient posées, deux verres de jus d'orange, deux cafés, des fruits ainsi que du yogourt grec avec du miel. C'était mignon ce qu'il venait de me préparer.

Mathias croyait avoir trouvé un bon filon avec cette plausible maison dans le fond marin. D'un coup qu'il s'agisse de l'endroit dans lequel Marc-Antoine et Cléopâtre se soient aimés? Il avait hâte que nous arrivions en mer pour étudier cette possibilité de plus proche. Une demi-heure plus tard, nous partîmes rejoindre Gabriel et le petit Rocky qui venait de se lever partit se promener à l'extérieur, probablement allait-il chasser un trésor comme nous.

Nous étions silencieux en ce deuxième matin de fouilles, peut-être un peu fatigués de la succession d'événements. J'étais un peu nauséeuse alors je préférais attendre dans le bateau et me faire dorer au soleil en terminant mon bouquin. Mathias avait mis une caméra submersible, car il désirait bien documenter ses recherches. Il repéra les murs qu'il avait aperçus la veille sans y déceler des informations quelconques. Plus ou moins à cinq mètres de là, il vit le coin de ce qui pouvait composer un coffre. Ça devait être trop beau pour être vrai, pensa-t-il! Son souhait de faire une grande trouvaille dans le domaine journalistique allait prendre tout son sens dans cette plongée... Il s'en approcha et voulut le soulever. Mais c'était lourd. Les pierres sculptées étaient bien scellées entre elles. Il l'observa méthodiquement. Il mesurait environ cinquante centimètres par trente. C'était impensable de l'apporter en surface. Il remonta au bateau pour demander à Gabriel s'il n'aurait pas les outils nécessaire pour le faire bouger.

— J'ai des coussins de levé chez moi, tu sais t'en servir?

— Oui l'ami! On reviendra cet après-midi...

Gabriel coupa le moteur de sa Goélette rustique bleu et blanche au port. Il confirma notre rendez-vous pour quinze heures. La Julia Roberts et ses satanées longues jambes sans fin de Mathias attendait au quai à notre arrivée. Que faisait-elle là? Pendant que je me dirigeai à la voiture pour y déposer nos items, il alla la saluer. Je le trouvais culotté de faire cela à quelques mètres de moi. Ils semblaient bien s'amuser ces deux-là. Il revint vers moi quelques minutes plus tard. Je ne le questionnai pas sur sa nouvelle amie ne voulant pas éveiller des soupçons ou passer pour une jalouse finit. J'attendais que cela vienne de lui, mais ça commençait à m'agacer royalement, à la rigueur, j'avouerais que je ne la portais pas en haute estime.

Nous retournâmes à la villa pour manger et aussi pour nous détendre sur la terrasse. Le soleil scintillait et il n'y avait aucun nuage à l'horizon. Rocky patientait près de la porte d'entrée avec ses prises matinales : une libellule et un papillon. Il semblait fier d'apporter sa contribution!

Mathias me raconta qu'il avait aperçu un coffre sculpté qui pourrait être celui remis en mer par Dimitrios, l'ancêtre de Sofia.

— C'est hallucinant Kate, j'ai l'impression que nos vies risquent de changer avec ce qu'on s'apprête à remonter des eaux! Mon intuition me joue rarement des tours. Je crois qu'on va trouver quelque chose d'énorme.

Il s'arrêta et reprit son souffle. En profita aussi pour me caresser les cheveux et me regarder droit dans les yeux.

— Kate, je t'aime! Si je te le proposais maintenant de faire de moi un homme meilleur, accepterais-tu de devenir ma femme? demanda-t-il en s'agenouillant devant moi, il me montra le contenu d'une petite boîte rouge en velours.

Je vis un anneau qu'il avait retiré de la boîte et qu'il tenait entre ses doigts. Une montée de chaleur me parcourut le corps. Je trouvais cela rapide... Il y a quelques semaines, j'étais déprimé parce que Pierre me quittait et que ma vie ne se déroulait pas comme je le souhaitais. Et maintenant, je vivais de belles choses et Mathias était devant moi à me faire la grande demande.

— Tu n'es pas obligé d'accepter. Le principal, c'est d'être ensemble. Je ne veux pas qu'on retourne seul dans nos pays sauf pour une courte période, question de s'ajuster et d'équilibrer nos vies.

Une partie voulut répondre oui tandis que la raison et mes insécurités me disaient : attends, c'est trop récent! L'amour, n'est-ce pas l'exaltation du moment présent? Si nous ne nous hâtons pas, le temps fuit et nous entraîne avec lui... Des larmes coulaient sur mes joues et j'acceptai qu'il insère la bague à l'annulaire de ma main gauche. Offrir un tel joyau, n'est-ce pas la plus belle déclaration d'amour qui soit? Elle était délicate en argent avec deux cœurs entremêlés qui se mariait parfaitement avec mes boucles d'oreilles achetées à l'aéroport que je portais lors de nos sorties. Je ne comprends pas pourquoi j'ai dit oui aussi rapidement. Peut-être que je savais dans mon for intérieur qu'il était l'homme que j'ai attendu toute ma vie. Le cœur avait parlé! Le plus ironique dans tout cela, c'est cette « Julia Roberts » qui avait conçue la bague. Mathias lui avait passé une commande spéciale. Elle ne pouvait pas être plus parfaite. Il avait eu bon goût!

Ce tendre moment de bonheur fut accompagné d'une chanson que mon fiancé avait choisie avec brio : *Everyday I love you de Boyzone,* il m'invita à danser.

Les paroles des premiers couplets ne pouvaient pas mieux résumer sa pensée ainsi que la mienne. J'apprenais à quel point il était sensible et attentionné. Il venait de m'en faire la traduction.

« Je ne sais pas, mais je le crois,
Que certaines choses sont censées être,
Et que cela fait un meilleur moi,
Parce que tous les jours : je t'aime,
Je n'ai jamais pensé que mes rêves deviendraient réalités,
Mais tu m'as montré qu'ils peuvent se réaliser,
J'apprends quelque chose de nouveau,
Car tous les jours : je t'aime,

Parce que je crois que le destin,
Est hors de notre contrôle,
Et nous ne vivrons jamais jusqu'à ce que nous ayons
aimé,
De tout notre cœur et notre âme »,

Il faisait jouer cette mélodie en boucle. Nous flottions sur un nuage douillet quand il fut temps de retourner à notre exploration marine.

*****

Tout allait dans une vitesse accélérée. Même si nous venions de vivre un moment d'un grand romantisme que nous aurions espéré faire durer plus longuement, nous dûmes retourner au port. Notre temps était précieux et nous devions compléter notre mission d'extirper le coffre des fonds marin. Je montrai fièrement à Gabriel la bague que m'avait offerte Mathias.

— Félicitations! Quand sera le grand jour?
— Nous n'en avons pas encore discuté, mentionnais-je tout en regardant Mathias qui souriait.
— Que dirais-tu de le faire ce week-end? proposa-t-il spontanément. Sofia m'a fait part d'un vignoble parfait pour l'occasion.
— Tu le lui en as parlé? Le questionnais-je surprise.
— Que pensais-tu que j'allais faire hier soir chez elle? Je ne demandais pas que pardon...
— C'était donc ça tout le mystère! Tu es un homme surprenant Mathias Ortiz et je t'aime.
Gabriel avait apporté des coussins de lever pour faciliter le travail de Mathias pour remonter le coffre à la surface. Pendant qu'il dirigeait le bateau vers notre lieu de plongée, je le regardais et je songeais plus que jamais à lui offrir de nouveaux vêtements pour l'aider à l'embellir, c'était plus

fort que moi. Il portait une chemise fleurie avec de gros motifs multicolores et un short vert irlandais, avec en guise de complément de style, des bas blancs dans ses sandales, en plus de son énorme chapeau de paille. Il m'expliqua le fonctionnement des coussins de compression et la façon dont nous allions prendre pour remonter le coffre à la surface. Je trouvais étrange que Gabriel n'ait posé aucune question depuis le début. Nous apprécions sa discrétion. C'était la quatrième plongée en moins de vingt-quatre heures. À la profondeur où Mathias se trouvait, il respirait l'équivalent de trois fois la pression atmosphérique de la terre. Il se laissa tomber avec tout le matériel nécessaire et il se prépara à remonter le coffre, conscient que le contenu ne lui appartenait pas.

Il s'exécuta et réussit avec difficulté à le soulever. Par la suite, il ajusta l'air avec la valve des coussins pour s'assurer que le butin ne remontait pas plus vite que lui. Il resta patiemment à quinze pieds de profondeur du bateau avant de sortir sa tête de l'eau. Il alla en arrière et avec le câble que Gabriel lui tendit, il l'enroula au coffre et ce dernier le hissa à bord, le tout, sous mon regard ébahi. Nous venions de trouver le trésor! Qu'en était-il de son contenu?

Une fois tout à l'intérieur, avec un pied de biche, nous réussîmes à l'ouvrir. Il disposait d'un codex dans un cylindre. Nous avons immédiatement supposé qu'il s'agissait d'un vieil écrit. Mathias l'ouvrit délicatement et nous reconnûmes la signature de M-A comme celui qui était sur la carte.

Quis deducet reginae
impensius amanti semel fuit ...
Quod creditur veritatem ... mendacium est, fluxa
A rege ... principis ... alia sors nobis!
A tutoribus patris specimina moliebantur.
Dominus firmamentum temporum secreta et invenietis!
S.V.B.E.E.A.U
Vale, M-A

Nous déposâmes le coffre dans la voiture de location. Mathias avait hâte de revenir à la villa pour faire des recherches plus approfondies sur le texte. C'était excitant comme projet! Nous offrîmes une prime substantielle à celui qui avait été notre guide. Une révélation monstre nous attendait... Un trésor historique se trouvait dans notre automobile. Il fallait être plus que préparé à ce qui allait suivre!

Chapitre 12

L'après-midi passa rapidement avec d'abord une demande en mariage et puis la trouvaille de ce trésor. Nous croyions à tort qu'il y a seulement dans les films ou dans les livres que ce genre d'histoire arrive... Ce fut pourtant ma réalité! Je rêvais de changer ma vie, mais quelque part, j'avais peur d'échouer. Est-ce que j'attendais d'avoir des regrets pour foncer? J'étais mon pire adversaire dans ce ring. Je me suis autodétruite jusqu'à ce que je décide que c'en était trop.

Partir en Grèce fut la meilleure chose qui ne me soit jamais arrivée. Au fond, il fallait remercier Pierre, car sans lui rien de tout cela ne serait produit. Quand nous voulons quelque chose, avec la volonté tout peut s'accomplir. Il y a également une part du hasard qui permet d'orchestrer notre futur selon nos désirs. Il faut procéder un caillou à la fois, mais l'important c'est de passer à l'acte.

Quand nous cessons d'avoir peur... les portes s'ouvrent. Avant, je vivais sans objectif, tandis qu'à cet instant, je définissais mon existence et j'avais un plan pour transformer mon rêve en réalité. Une vie bien réussie en est une dans laquelle, nous agissons conformément à nos souhaits en donnant le meilleur de soi. En étant à l'affût de ce que nous ressentons... tout peut arriver!

L'amour véritable n'est pas nécessairement une probabilité car elle apparaît d'abord comme impossible. Mais lorsque nous ouvrons notre esprit et que notre âme contrôle le reste, il est bon de surfer sur cette vague de plénitude. Dans quelques jours, j'allais épouser l'homme que j'avais d'abord admiré pour son travail, puis celui qui se transformait en un ami, puis en un complice... Un sentiment fort nous unissait. Quand nous n'avons pas d'amour dans le cœur, nous n'avons rien... pas de rêve, pas d'histoire à raconter... rien du tout!

*****

Ce fut une mission de transporter le coffre en pierre au salon, car il était lourd. J'admirais tous les détails gravés tout autour. Malgré qu'il ait été longtemps en mer, une fois frotté, nous pouvions mieux les voir. Je n'arrivais pas à croire que personne n'avait trouvé ce trésor dont Dimitrios s'était débarrassé. Nous pensions que Marc-Antoine avait désiré laisser un message à Cléopâtre.

Nous nous installâmes chacun devant nos ordinateurs et essayâmes de décoder les lettres. Il s'agissait d'une vieille écriture et ce n'était pas évident à cause de la calligraphie. Nous pouvions parfois nous tromper et cela donnait de mauvaises pistes. J'avais reconnus le « Vale » et compris que le S.V.B.E.E.A.U, signifiait : si tu vas bien, tout est bien, je vais bien moi aussi. J'avais été plus rapide que lui pour ces mots.

J'étais fascinée d'avoir dans mes mains un écrit qui était dédié à une reine. Et pas n'importe laquelle! C'était tout simplement surréaliste! Les morceaux du casse-tête se mirent en place progressivement. Nous définîmes une première ligne, puis une seconde jusqu'au contenu entier.

Ma tendre reine,
Un amour ardent exista jadis...
Ce que nous croyons vrai n'est qu'un fugace mensonge...
Un roi... un prince... une tout autre destinée!
Un père précepteur voulut briser ses idéaux.
Regarde en profondeur et tu trouveras le secret des temps!
Marc-Antoine

— De quoi s'agit-il?

— Je n'en ai aucune idée...

— Pourquoi ne pas lui révélé qu'est-ce qu'il en est au lieu de jouer aux énigmes avec elle? Si jamais tu as un message à me formuler, j'espère au moins que tu me le diras avec de vrais mots!

— Peut-être faut-il vraiment regarder en profondeur et le secret s'y trouvera!

Ni l'un ni l'autre ne saisissait la missive. Pourquoi parlait-il de cette façon si incompréhensible? Je demandai à nouveau à Mathias si nous ne devions pas dès cet instant remettre le coffre aux autorités locales. Il filmait sagement chacune des étapes.

— Je préfère attendre un peu... Qui pourrait bien être le roi avant l'ère de Marc-Antoine et Cléopâtre?

Je l'enveloppai de mes bras en regardant sur son écran d'ordinateur. Nous nous sommes échangés quelques baisers avant que j'aille à la cuisine pour nous faire réchauffer un petit quelque chose en guise de repas. Nous étions tellement captivés par cette recherche que c'est mon estomac qui me ramena à l'ordre de lui donner du carburant.

— J'ai la vive impression que nous allons élucider un colossal mystère, poursuivit-il en élevant le ton afin de s'assurer que je puisse l'entendre dans la pièce adjacente.

Je me dépêchai et revint rapidement pour poursuivre les recherches. Nous étions concentrés sur nos ordinateurs. Qui pouvait être ce roi de l'antiquité? Mathias dénicha une liste de la monarchie macédonienne à commencer par Karanus jusqu'à Cassandre qui avait fait tuer le fils d'Alexandre le Grand pour prendre le contrôle du royaume qu'avait ambitieusement envahi son père. Karanus avait été le premier de tous. Mais cette option fut rapidement écartée car nous ne comprenions pas comment un précepteur aurait été actuel huit cents ans av. J.-C..

Selon toute logique, les premiers professeurs connus étaient Socrate, ou Platon. Mais ces derniers vivaient à

Athènes. La Macédoine était à des jours à pied ou à cheval de ce lieu. Cela laissait présumer qu'il pouvait s'agir de Philippe de Macédoine ou de son fils, le plus grand conquérant de tous les temps. Devant cette possibilité de plus en plus évidente, nous eûmes le souffle coupé, excité par cette « plausible » option.

— Marc-Antoine disait de regarder en profondeur, car un secret y reposait... repris-je

Nous retournâmes au coffre pour l'étudier en profondeur, tout d'un coup qu'il y aurait un double fond comme dans les films d'aventure, proposais-je. Ça ne pouvait pas être si simple? Nous aurions presque pensé qu'il s'agissait d'une intrigue pour un roman d'adolescents. Ce fut comme un jeu d'enfant! Nous l'ouvrîmes pour l'examiner de plus près. Une légère faille était apparente. Je lui prêtai un couteau pointu pour l'aider.

La première énigme fut résolue facilement. Mathias réussit à faire bouger le fond après quarante-cinq minutes d'un immense travail de minutie. Le morceau de pierre se décala. Quelques codex s'y trouvaient dans des boîtes cylindriques ainsi qu'un mot de M-A à sa tendre muse. Nous immortalisâmes notre recherche en prenant un nombre incalculable de clichés de tout et aussi la caméra continuait de tout filmer.

*****

Ma reine, ma douce,

Un amour si puissant nous unis tout comme celui de la mère et du précepteur du plus grand conquérant de tous les temps.

Voici les lettres qu'ils se sont écrites. L'histoire telle que nous la connaissons n'est pas... devons-nous la divulguer?

À toi de choisir ma très chère épouse.

S.

Marc-Antoine

— Il connaissait une information importante et il voulait avoir l'opinion de sa femme. C'est possiblement la raison pour laquelle, il avait laissé ces messages. C'est quand même curieux qu'on les retrouve ici deux mille ans plus tard.

— Il n'y a pas de hasard dans la vie Kate... aucun! Nous en sommes un bel exemple!

Dans les codex, il se trouvait des échanges sur un papyrus écrits par Aris à Oly et des parchemins qui semblaient correspondre à des notes de cours. Le contenu du coffre détenait de vieux enseignements d'un des plus grands philosophes de tous les temps. Aris devenait de toute évidence Aristote et Oly ne pouvait être qu'Olympias, l'épouse de Philippe de Macédoine. Nous étions étonnés de cette découverte. Une odeur de brûlée se dégageait jusqu'à nous.

— Le souper! criais-je en courant vers la cuisine.

Tout ce que j'avais mis au four était calciné. Mon orgueil de femme en prit un coup. Mais ne faut-il pas savoir rire de soi-même dans une telle circonstance.

— Le repas est foutu, avouais-je un peu gênée.

— Ce n'est pas grave ma chérie... Sortons célébrer cette découverte à la Plagia Taverna? Ça nous permettra de décanter tout ça en buvant une bonne bière.

— C'est une excellente idée bel homme! J'espère seulement que tu porteras quelque chose de mieux que ce maillot de bain avec ta camisole. Je crains que Gabriel soit en train de déteindre sur toi.

— Petite rigolote, tu as vraiment une fixation sur son linge! Donne-moi dix minutes et je serai top.

Il revint vêtu de son chapeau hideux pensant que je réagirais. Je jugeai plus intelligent de ne rien dire et de le laisser avoir l'air ridicule en public. Il fut déçu de constater que sa blague passait inaperçue. Il choisit de l'enlever croyant ainsi prendre une sage décision. Il n'avait pas tort.

*****

Comme chaque soirée, Plagia Taverna était comble. C'était évident, car la nourriture y était excellente et les prix abordable. J'avais remarqué lors de mes nombreux périples qu'un restaurant offrant un menu uniquement dans la langue du pays est habituellement, un lieu pas trop touristique, donc avec une bonne tarification. Quand il dispose de plusieurs langues et des photographies, il y a des chances que la bouffe y soit ordinaire et dispendieuse. Je donnais ce conseil astucieux à tous mes amis voyageurs.

En entrant, nous vîmes Gabriel assis seul à une table avec un air penaud. Mathias était surpris, car il avait parlé d'une sortie avec l'une de ses quatre amoureuses.

— Alors Gabriel, tu n'es pas avec ta blonde ce soir?

— Non, elle m'a laissé... dit-il en nous regardant avec tristesse. Elle se plaignait que je n'étais pas assez présent. Elle était mes lundis et mes jeudis. C'est quand même deux jours par semaine, une centaine de jours par année... Je ne comprends pas! Tu n'aurais pas une sœur Kate?

— Je n'ai qu'un frère, repris-je en riant! Ça t'intéresse?

— Vous aimeriez manger avec moi?

Mathias scruta mon regard afin d'obtenir mon approbation. Je hochai positivement la tête. Nous prîmes place à côté de Gabriel un peu maussade qui portait le même linge que plus tôt dans la journée avec ses incorrigibles bas blancs dans ses sandales.

Nous discutâmes longuement ensemble. Nous apprîmes que Gabriel était pourvu d'une grande sensibilité, il avait commencé à fréquenter plusieurs femmes à la fois en réponse à une tromperie. Il devait épouser Claudia, mais elle annula la noce à la dernière minute parce qu'elle était follement éprise du garçon d'honneur de Gabriel. Cela lui avait brisé le cœur de perdre simultanément son amoureuse ainsi que son meilleur ami. Il s'était replié sur lui-même et s'offrait des parties de plaisir occasionnelles avec la gent féminine. Lentement, une routine s'installa et un horaire de rencontre fut établi par lui-même afin de pouvoir satisfaire un plus grand nombre de dames et aussi pour avoir toujours un plan B.

En fin de journée, Anna avait choisi que c'en fût assez des niaiseries et lui avait demandé de s'impliquer davantage dans la relation. Il ne pouvait pas lui offrir l'exclusivité, en réalité, il ne l'aimait pas. Cela lui avait causé de la peine, car ça lui remémorait la triste soirée quand il apprit que son amour n'était plus... et il savait qu'Anna était déçue.

En y repensant, il prit la décision de rompre avec les dames des autres jours de la semaine afin d'être honnête avec lui-même et enfin pouvoir rencontrer une personne toute désignée pour lui.

Il avait maladroitement envoyé les mêmes messages textes aux trois autres femmes... *je crois que je ne suis pas prêt à avoir une relation de couple avec toi, je préférais te le dire et te souhaiter bonne route!* Ça pouvait faire bref comme façon de procéder, mais est-ce qu'il y a une meilleure manière de mettre un terme à une fréquentation sans issue? Il l'avait fait comme il l'avait ressenti. Il savait qu'il serait seul les jours à venir... à moins que le destin ne frappe fort pour lui aussi!

À un moment ou à un autre, nous rêvons tous de nouveauté dans notre quotidien, mais la plupart du temps, nous restons passifs. Nous nous contentons de regarder et d'envier ceux qui prennent la peine de provoquer des changements dans leur vie et qui réussissent.

Chapitre 13

Mathias était fier, car nos chroniques web envoyées à Bogotá étaient fort appréciées. Les commentaires des gens révélaient un grand intérêt pour tous les sujets et son supérieur était comblé pour l'une des rares fois. Il trouvait sa voie et c'était gratifiant.

Nous allions au mont Athos pour y découvrir le berceau de la religion orthodoxe et nous savions que nous livrerions de bons topos. Mathias espérait pouvoir en produire deux. Il s'était levé tôt pour planifier le tout et bien se documenter. Il écrivit un message à Sofia pour l'aviser de nos fiançailles et confirmer que notre mariage serait célébré dans deux jours. Il lui demanda son aide pour finaliser l'organisation de la journée et s'assurer qu'elle serait bien présente avec Panaviotis, Alexia et Gabriel. L'auberge s'occupait de trouver un prêtre, un photographe, une musicienne et le lieu féerique qui allait créer le parfait décor. C'était beau de voir qu'il s'impliquait autant.

Plus je regardais Rocky, plus il devenait évident qu'il me suivrait au Canada. Je ne pouvais me séparer de cette petite boule de poils à aimer qui me ronronnait son bonheur en se frottant la tête dans le creux de mon cou tous les matins. J'aurais été insensible de lui offrir de l'amour et de l'abandonner ainsi après quelques semaines. J'avais essayé de retourner à l'endroit où je l'avais aperçu la première fois pour retrouver sa famille mais elle semblait disparue. Je me suis renseignée auprès de la compagnie d'aviation à savoir la procédure pour voyager avec un animal. J'ai décidé d'investir les quelques dollars pour le faire vacciner et lui acheter les calmants exigés pour qu'il puisse se trouver dans la cabine avec moi. Je lui avais procuré un collier muni d'une ravissante médaille avec son nom.

Nous plaçâmes le coffre en sécurité sous une grande couverture et prîmes la route après avoir rapidement mangé des rôties et bu du café sur le coin du comptoir. Notre première halte fut à Stagire, lieu de naissance du plus grand philosophe macédonien de tous les temps : Aristote. Nous roulâmes une heure trente dans la vallée afin d'arriver à destination, c'était pittoresque comme endroit. Il y avait une gigantesque statue de cet homme dans un parc à flanc de montagne. L'odeur des herbes envoûtait l'esprit et la vue de la mer au loin apaisait l'âme. Mathias s'installa et je capturai l'instant présent pour sa chronique radiophonique.

Voici la statue de l'un des penseurs les plus influents que le monde ait connus, Aristote (je fis un « zoom » sur lui avec le monument)! Il est l'inventeur de tous les concepts de la logique ainsi que de la métaphysique. Ancien élève de Platon, il quitte son école à son décès pour trouver ses propres réponses. Il a fait de nombreuses études notamment sur la biologie, la botanique, la politique, la science analytique et les mathématiques. Il a été le précepteur de l'un des plus grands conquérants de l'histoire : Alexandre Le Grand. On l'a décrit comme étant un petit trapu avec des yeux enfoncés qui adorait porter du linge voyant et des bijoux. Son humour intelligent, parfois sarcastique, le distinguait des autres. Des gens mesquins ont suggéré qu'il avait un cheveu sur la langue... c'était une façon de rabaisser cet être brillant qui bégayait. Environ une trentaine de ses œuvres sont demeurées perdues, mais ses idées, son école et l'homme vivront à jamais dans les générations anciennes, présentes et nouvelles. Ici Mathias Ortiz dans l'ombre d'une touriste.

— J'ai adoré! Tu m'impressionnes par la qualité du contenu véhiculé. Tu sais, la chance, qu'ils ont de t'avoir à la station de radio? Tu aimeras, j'ai fait un gros plan de toi avec Aristote, c'était épatant.

— C'est ce dont j'ai toujours rêvé de faire, informer les gens.

— Tu réalises que nos vies ne seront plus les mêmes? Qu'en sera-t-il quand nous allons annoncer la découverte que nous venons de faire?

— Non, en effet, elles ne seront plus les mêmes! C'est également pour cette raison que je veux t'épouser. Pour ne pas oublier que nous étions tous les deux dans cette aventure. Tu auras la finesse pour rendre justice à l'une des plus captivantes histoires d'amour de tous les temps, j'en suis convaincu. Où en es-tu rendu?

— Jamais l'écriture n'a été aussi fluide, je suis à nos débuts avec Gabriel. Je crois que mon récit sera presque prêt à être publié à mon retour au Canada, révélais-je, satisfaite de mon avancement. Tu sais, qu'il nous reste encore treize jours à profiter de ce superbe endroit ensemble. J'espère que tu aimeras mon pays et qu'il deviendra ta terre d'accueil sinon je crois bien que j'aurai du plaisir à découvrir la Colombie.

— J'aime ta manière d'aborder la vie... Tu tournes toujours une situation en moment positif.

— Et quoi d'autre aimes-tu de moi?

— J'adore la façon dont tu te peignes les cheveux lorsque nous allons à la plage ou en excursion, tes nattes sont charmantes. J'aime la profondeur dans ton regard quand tu t'adresses aux gens, il y a de la sincérité, on voit que tu t'intéresses à eux. J'ai l'impression d'être un homme meilleur et de vouloir me surpasser sans fin. Ce que j'apprécie le plus est ta compréhension de la vie. Tout est simple, tout est beau!

— Je suis ainsi parce que je suis bien avec toi. Il est rare de trouver une personne avec qui l'on est aussi complice, avec qui on s'amuse autant sans devoir se soucier de demain, on sait qu'il arrivera de toute façon!

— Dans quarante-huit heures, je serai ton mari, je serai toujours là pour toi. Tu donnes un sens à ma vie et de t'avoir rejoint a été la meilleure décision que je pouvais prendre.

Il saisit ma main et nous retournâmes à la voiture afin de poursuivre la route. J'étais émue et nous préférâmes garder le silence et nous laisser bercer par le temps jusqu'à Ouranoupolis, d'où nous allions embarquer dans le bateau pour le mont Athos. La mer à perte de vue et des villages plus coquets les uns des autres parsemaient le trajet vers ce lieu saint. Nous arrivâmes en fin de matinée, achetâmes nos billets pour la croisière prévue à treize heures et qui devait durer trois heures.

Nous trouvâmes une terrasse sur le bord du quai qui proposait du poisson frais pêché du jour. Il y avait un décor dépouillé et une ambiance feutrée des plus sympathiques. Mathias s'offrit un verre de vin blanc, tandis que je préférai prendre le breuvage du champion, une bouteille d'eau avec une pilule anti-nausée. Je me sentais fatiguée et nauséeuse. Ça devait être attribuable à nos dernières journées et tout le stress vécut.

La sirène se fit entendre et nous accélérâmes pour ne pas le manquer. Le vieux bateau était rempli à la moitié de sa capacité. Il y avait des gens d'un peu partout dans le monde : Australie, Canada, Colombie, Russie, Royaume-Uni et Italie. La narration était en Grecque, en anglais et en russe. Le soleil radieux suggérait de bien se protéger. J'optai pour un lieu à l'ombre. Ma pilule provoquait des effets de somnolence. Mathias se promenait et prenait de multiples clichés. Il me demanda si je pouvais, malgré mon état comateux, le filmer pour une seconde capsule avec en arrière-plan la colline qui montrait quelques monastères.

Le mont Athos ou la sainte montagne ou les jardins de Marie sont le berceau de la religion orthodoxe. La tradition veut que la mère de Jésus s'y soit arrêtée sur la route vers Chypre et ayant admiré l'endroit, elle demanda à son fils de lui en faire cadeau. En 1 060, une loi fut passée interdisant l'accès à toutes les femmes, les animaux femelles (à l'exception des poules pour les œufs) ainsi que les visages lisses. C'est pourquoi les hommes portent la barbe. Avec un point culminant à 2033 mètres d'altitude, couvert de forêts sauvages, cette péninsule de trois cent soixante km² est dédiée au culte de Dieu et à la Vierge Marie. Des ermites auraient résidé déjà au milieu du IXe siècle. Le premier monastère a été érigé en 963 et depuis vingt autres sont apparus. Ils sont deux mille moines à perpétuer la tradition liturgique ancestrale. Ce lieu attire tous les ans près de cent vingt mille touristes uniquement masculins qui veulent faire une expérience de chasteté, pauvreté et obédience durant quelques jours. Le prince Charles y serait venu trois fois... À titre informatif, messieurs si jamais vous aimeriez vous plier à un tel supplice, vous devrez vous lever à deux heures du matin pour la prière en privé, à trois heures trente, une liturgie commune se déroulera jusqu'au petit-déjeuner qui est à sept heures. Par la suite, vous serez convié à exécuter vos tâches hebdomadaires jusqu'à dix-sept heures. À vingt heures, ça sera les vêpres, c'est-à-dire l'office divin avant un souper qui dure dix minutes. Si vous manquez l'heure du repas, ça ira au lendemain! Puisque nous avons des dames dans ce bateau, nous devons conserver une distance de cinquante mètres du rivage. (je filmai un enfant qui dormait dans les bras de sa mère, c'était attendrissant). L'architecture est majestueuse et c'est impressionnant qu'autant d'histoire et de mystères demeurent sur cette presqu'île... Nous aimerions en percer ses secrets les plus fous! Ici Mathias Ortiz dans l'ombre d'une touriste.

Mathias fut satisfait de sa vidéo. C'était captivant et des gens l'ayant vu lui demandèrent ce qu'il faisait comme travail. Plusieurs personnes prirent des photos avec le journaliste croyant qu'il s'agissait d'une célébrité connue. Je l'observais un peu en retrait et j'appréciais la scène qui se déroulait sous mes yeux. Il était un chic type et il semblait plaire à tous. Il promit de conserver un contact avec bon nombre d'entre eux.

L'inattendu de ce voyage donnait un nouveau souffle à la carrière de Mathias et pour l'une des rares fois de son existence, il vivait la magie de l'instant présent et son travail excellait, conscient que sa destinée prendrait une tout autre direction. Il comprenait un peu mieux ma philosophie quand je lui racontais que les voyages étaient pour moi, une forme de priorité, voire un mode de vie! Pour toutes sortes de raisons, l'univers met sur nos chemins des gens ou des événements qui nous amènent à aborder une situation ou une conversation d'une manière différente. Peu importe ce qui peut en ressortir, nous grandissons sans cesse au travers de ces moments. Chaque journée, chaque rencontre comportent quelque chose de nouveau; c'est probablement cet élément que les voyageurs recherchent tant.

Lorsque nous savons donner, nous savons recevoir. Une larme glissa sur ma joue en réalisant que la beauté de la vie était dans sa simplicité. Nous avons souvent l'impression que mille dollars c'est une grosse somme d'argent pour un billet d'avion. Quand nous pensons à tout ce que cela apporte... la liberté que cela nous procure... ce serait dommage de ne pas en profiter. Toutes ces expériences et ces superbes moments font à jamais partie de moi. Je n'aurai qu'à fermer les yeux et je pourrai revivre chaque instant en me remémorant un sourire, une belle conversation, un spectaculaire paysage, une odeur agréable, une sensation d'évasion. Puisqu'il est question de découvrir des endroits inexplorés, de cultures fascinantes, relever de nouveaux défis, de rencontrer ces gens incroyables dans des lieux surprenants... je ne regrette aucune des décisions et aucun voyage! Rien n'est insurmontable et toutes les embûches que la vie nous défie de relever sont un apprentissage de sagesse et de surpassement. J'en avais la preuve au côté de moi. Je me lovai contre Mathias et lui murmurai à l'oreille : merci pour tout!

Chapitre 14

Les jours s'enchaînaient, mais ne se ressemblaient pas. À notre retour du mont Athos, Sofia et Alexia m'attendaient avec quelques robes idéales pour mon mariage qui se déroulerait dans deux jours. Mathias et moi quittions le lendemain pour une escapade de deux nuits pour aller explorer le mont Olympe, visiter les tombes royales la seconde journée avant de nous diriger vers le lieu de notre mariage et finaliser les derniers préparatifs. Nous voulions prendre quelques jours de congé pour nous distancer de notre recherche et revenir reposé pour comprendre le contenu et mieux l'assimiler. Nous avions aussi considéré l'éventualité de séjourner plus longuement mais nous avions choisi de ne pas le faire.

Nous avions contacté nos proches pour leur apprendre la nouvelle. Nous parlons ici de celle du mariage! Il serait possible pour eux de suivre la célébration à distance en temps réel. À ma plus grande surprise, la réponse de mon côté fut positive. Mes parents auraient aimé être présents, mais à deux jours d'avis, c'était impensable, même pour des retraités. J'avais promis qu'éventuellement, nous allions faire une cérémonie pour renouveler nos vœux en leur présence.

La radio Colombienne avait fait un cirque journalistique pour annoncer l'union de Mathias avec une écrivaine canadienne. Je devenais une personne connue malgré moi dans son pays. La réception de la nouvelle ne fut pas aussi bien acceptée de la part de la mère et la sœur de Mathias. Elles croyaient qu'il m'épousait pour les mauvaises raisons et elles refusèrent d'être présentes avec nous par Internet. Cela peina mon fiancé, mais il ne voulait pas laisser des gens gâcher son bonheur. Personne ne pouvait lui dicter le chemin à prendre et c'est un trait de son caractère que j'appréciais!

Pendant l'essayage, la petite Alexia resta tranquille, allongée sur le lit, à flatter Rocky qui était au paradis à recevoir autant d'affection. Elle lui avait prêté sa poupée de chiffon croyant qu'il aimerait jouer avec! Parfois, elle levait les yeux pour me regarder défiler avec les quelques robes que sa mère m'avait apportées. De toutes les tenues que me proposa Sofia, c'est celle en dentelle ivoire avec le dos un peu ouvert qui me donna les larmes aux yeux. Et à voir l'expression faciale de mes deux témoins, je savais qu'elle était faite pour moi. Il y avait de petites pierres de brodées sur un tissu soyeux. Elle me confia qu'elle appartenait à sa grand-mère et qu'elle serait garante d'une union heureuse. Elle avait des manches courtes et était d'une grande délicatesse. Elle était étroite et ajustée et sa longueur était parfaite avec des sandales, ça me procurerait une allure méditerranéenne. J'attacherai mes cheveux et mit le voile qui s'agençait parfaitement. Cette robe rétro avait l'air actuelle avec les accessoires que mon amie m'avait choisis.

Elle tenait mordicus à ce que les quatre règles pour un mariage heureux soient respectées. La robe représentait le morceau emprunté qui nous porterait chance. Ma bague sertie de diamants et de saphirs serait l'objet bleu qui assure la fidélité et la pureté dans l'union. Les boucles d'oreille avec un rubis, la pierre de l'amour, qui ne me quittait jamais, était un leg de ma grand-maman adorée, allait constituer le vieil élément qui caractérise le lien avec la famille. Et il fallait inclure un truc neuf pour apporter la réussite et le succès pour la vie future. Sofia m'offrit un bracelet délicat qu'elle avait elle-même confectionné avec de la verroterie de diverses couleurs et qui s'agençait parfaitement à cette tenue.

Je pleurais de bonheur et je n'arrivais pas à croire que tout était bel et bien réel. Elle me serra fort dans ses bras et la petite voulue participer à ce moment affectueux.

— Tu as vraiment pensé à tout mon amie, tu es une perle!

Les hommes porteraient des complets loués. Ils avaient été faire les essayages et c'est Sofia qui les trimballerait à l'auberge. Mathias lui avait aussi montré la bague et elle approuva sachant qu'elle m'irait bien. Je demandai à Alexia si elle accepterait d'être ma bouquetière. Chose qu'elle accepta avec joie. C'était le plus grand jour de ma vie qui se déroulerait sous peu et étrangement, je me sentais sereine.

Nous avions préparé notre valise en début de soirée pour le lendemain. Par la suite, je me suis concentrée sur mon écriture qui avançait à bon train pendant que Mathias faisait les mises à jour pour son blogue. De temps en temps, nous nous échangeâmes des clins d'œil, des baisers soufflés ou des petits mots doux. Mathias me lança un avion de papier avec le message : je t'aime belle canadienne, avec des cœurs.

Nous nous couchâmes tard. Le réveil sonna aux aurores et nous prîmes peu de temps pour flâner avant de quitter pour les Météores. Rocky serait seul pour deux jours. Nous lui avions laissé le nécessaire pour ne manquer de rien et Mathias avait proposé de garder le téléviseur allumé pour s'assurer qu'il ne s'ennuie pas. Nous le considérions un peu comme un enfant.

Nous devions longer le golfe Thermaïque pour trois heures et bifurquer en direction des terres pour une autre heure et demie. Nous étions impressionnés de constater que la route avec de nombreux postes à péage demeurait déserte. Mathias m'expliqua avoir lu que le gouvernement avait développé ce système routier quelques années plus tôt pour créer de l'emploi, mais ayant excédé les budgets, ils durent la rendre payante. Ce sont ces mauvaises gestions qui ont dirigé progressivement le pays dans un gouffre financier.

La Macédoine offrait ce qu'il y avait de mieux, la mer à perte de vue, des vallons et une verdure luxuriante. Cela a été une sublime surprise autant pour moi que pour Mathias. Si les gens savaient... Ils iraient plus nombreux découvrir cette région, car sa richesse comble à coup sûr, même les plus exigeants.

Nous arrivâmes aux monastères des Météores en milieu de matinée. C'est comme si le temps s'était figé depuis des siècles, tout était rustique. Nous étions fascinés par le relief escarpé des lieux. Une odeur réconfortante de miches chaudes nous attirâmes dans une boulangerie artisanale tenue par des moines dans laquelle nous flânâmes un moment à nous délecter de cette délicieuse trouvaille.

— J'ai l'impression de manger le meilleur pain qui soit, admit Mathias.

Nous montâmes au sommet pour nous rapprocher du ciel et par la suite, nous nous sommes assis sur un banc dans un parc afin de nous imprégner de la magie de l'endroit. La journée un peu nuageuse offrait un fond de l'air frais qui avivait les sens. Mathias en profita pour faire une capsule pendant que je filmais. Je réalisais à quel point j'étais fière d'être à ses côtés dans ces sublimes montagnes grecques. Ses cheveux noirs miroitaient avec en arrière-plan, les collines et le soleil qui apportaient une luminosité qui donnait presque l'impression qu'un esprit habitait l'image.

La Grèce offre des merveilles qui ne cesseront de m'éblouir. Je suis actuellement à Kalambaka au pied des Météores, qui forment un spectaculaire ensemble de tours rocheuses sculptées par l'érosion et qui accueillent depuis le XIe siècle des monastères orthodoxes. C'est Saint-Athanase qui fut chassé du mont Athos, qui construisit le premier monastère avec ses fidèles du haut des falaises, car c'était de cet endroit que l'homme pouvait être le plus près de Dieu. Au total, vingt-quatre furent édifiés, mais seulement six abritent encore des moines. Dans les années vingt, des escaliers furent aménagés permettant un accès plus facile. Auparavant, on montait dans

de grands paniers suspendus à des poulies. Fait cocasse...
Hitler et les troupes allemandes ont occupé ces lieux lors de la
Seconde Guerre. Le site est classé au patrimoine mondial de
l'UNESCO depuis 1988. Contrairement à Athos, mesdames,
vous pourrez arpenter l'endroit pourvu que vous ne portiez pas
un pantalon, sinon, des jupes longues sont prêtées aux
visiteurs. Admirez le panorama exceptionnel sur les plaines.
Au-delà des monastères se cache une myriade de sanctuaires
abandonnés qui sauront séduire vos regards. Ici Mathias Ortiz
dans l'ombre d'une touriste.

— Tu es génial monsieur mon fiancé!

— C'est parce que j'ai une muse formidable!

— Quelle est la suite du programme?

— Tu vois au loin cette chaîne de montagnes? Il s'agit du mont Olympe. La montagne des douze dieux. Philippe, le père d'Alexandre le Grand disait qu'il y en avait treize... Lui étant le treizième.

— Il avait tout un ego cet homme!

— C'était un roi!

Nous roulâmes sur une route sinueuse et parfois dangereuse pour une heure trente vers Larissa. Nous garâmes le véhicule et nous marchâmes dans la ville qui débordait de touristes qui allaient faire l'ascension du sommet le plus élevé du pays ou qui venaient de l'accomplir avec brio. Mathias n'étant pas un grand athlète, avouons-le, il me proposa de terminer la journée dans un lieu différent qu'il avait déniché sur Internet. Pour la seconde capsule, nous avions capté un monument de Zeus avec la montagne au loin derrière lui.

Je me retrouve maintenant dans un village animé au
pied de mont Olympe avec la plus haute montagne du pays
à deux mille neuf cent dix-sept mètres. Puisque son sommet
reste invisible, qu'il soit caché aux mortels (par les nuages)
ou qu'il resplendisse (lorsque le ciel se dégage), l'Olympe
a été perçu par les anciens comme un jardin secret, la
villégiature des dieux qui y passaient leur temps à se

divertir, à contempler le monde et à intriguer à travers les destins des hommes. On y organisait des banquets festifs où le nectar coulait à flots et où on consommait l'ambroisie qui les rendait immortels. On compte douze dieux... Le premier fut Zeus, le chef suprême. Les dieux donnaient naissance à d'autres dieux ou parfois un dieu pouvait s'unir à un mortel et donner naissance à un demi-dieu, comme pour le célèbre Hercule, fils de Zeus et d'Alcmène. Il fut l'un des héros les plus acclamés de la Grèce Antique. Mythe ou légende, le mont Olympe garde une histoire fascinante que chacun devrait réinventer, parlez-en aux deux cent mille visiteurs qui viennent chaque année pour escalader ses symboliques endroits. Ici Mathias Ortiz dans l'ombre d'une touriste.

Je ne pourrai jamais me lasser de cette partie de la Grèce qui bénéficie d'une température parfaite, surtout en juin. J'ai proposé à Mathias d'y revenir tous les ans. La journée tirait à sa fin et mon amoureux avait encore une carte dans sa manche. Je réalisais qu'il avait été productif les matins quand il se levait tôt. Il avait réservé une auberge dans un village accessible à pied uniquement à une demi-heure de route de Larissa. Disposant d'une vue sur la mer d'un côté et une seconde sur le mont Olympe, cet hôtel ravissant à flanc de montagne nous séduit au premier regard. Nous trouvâmes un gîte romantique qui proposait un dépaysement complet et qui invitait à des rapprochements à quelques pas d'Agios Panteleimonas.

Après une douche en duo, suggérant une nuit chaude à venir, les tourtereaux que nous composions, marchâmes une centaine de pas avant d'opter pour un restaurant. Tous les hôtes nous attiraient pour que nous consultions leur menu et chaque endroit semblait plus ragoûtant, les uns des autres. Celui qui fut le plus discret influença notre décision.

Nous choisîmes des mets maisons traditionnelles et, tous deux, fûmes comblés, car c'était l'un des meilleurs établissements où nous ayons mangés, c'était savoureux! Le service était courtois et le lieu enchanteur invitait au romantisme. Une petite église de l'époque byzantine se logeait en face de la terrasse. Sa superbe architecture attirait de nombreux touristes. Après avoir dégusté une glace à la vanille comme dessert, nous allâmes à l'observatoire pour voir le coucher du soleil sur la montagne des dieux. C'était un autre moment qui demeurerait graver dans mon cœur. Fidèle à lui-même, mon journaliste sut qu'il devait à nouveau immortaliser notre escapade. Il s'installa dans ce décor enchanteur et amorça sa troisième vidéo de la journée filmée par sa muse comme il aimait me le rappeler. Il ne manquait jamais une occasion de m'embrasser ou de me serrer dans ses bras au passage ou à l'échange de sa caméra.

Je ne pouvais passer sous silence ce trésor que je viens de découvrir à flanc de montagne dans les bas niveaux du mont Olympe, Panteleimonas. On se situe à cinq cents mètres au-dessus du niveau de la mer. Avec une vue spectaculaire sur le golfe Thermaïque, cette région rustique déborde d'hôtels et de petits restaurants si invitants. On accède au village en marchant sur un sentier pourvu d'une riche faune et d'une végétation remplie de chênes, de châtaigniers et d'arbousiers. Durant la période froide de l'hiver, les gens affluent de partout pour venir s'imprégner de ce bel endroit prisé par les amants de la nature ou les aventuriers qui apprécient le vélo de montagne, les randonnées pédestres et l'escalade. Il y en a pour tous les goûts! Un coup de cœur de Mathias Ortiz, dans l'ombre d'une touriste.

— Je te rappelle qu'on avait entrepris quelque chose d'intéressant tantôt sous la douche... dit-il en s'approchant langoureusement de moi.

— Je suis parfois amnésique, ça ne devait pas être si mémorable, peux-tu me rafraîchir la mémoire? repris-je à la blague en le défiant du regard.

— Vient ma belle, je vais te montrer... Enchaîna-t-il en m'étreignant passionnément et en m'accotant sur un chêne pour se coller davantage et me démontrer la dureté de son plaisir.

Devant l'évidence que nous donnions un spectacle dans un lieu public, nous nous dirigeâmes vers notre chambre, tout en nous arrêtant fréquemment pour nous embrasser intensément et nous aguicher mutuellement à en faire perdre la raison.

— Attends-moi une seconde, dis-je en allant vers un arbuste.

J'enlevai ma petite-culotte et je la lui remis. Une marée d'excitation nous envahissait. Son membre voulait tremper dans ma mer chaude qu'il venait de toucher avec son doigt aventureux. Nos lèvres se consumaient et nos langues suaves déferlaient sur certaines de nos parties sensibles provoquant des orgasmes spontanés. Nous adorions ce jeu d'allumage dans cet endroit public sachant que nous pouvions nous faire surprendre à tout moment. Je mis discrètement ma main dans son pantalon et le défiai à nouveau du regard, le mordillai dans le cou et lui demandai...

— Combien de temps, vas-tu pouvoir encore me résister?

— J'en suis incapable beauté! Viens, laisse-moi te prendre et t'aimer comme on ne l'a jamais fait.

Dans la cage d'escalier menant à notre chambre, il me saisit, me souleva et j'enroulai mes jambes autour de lui. Il me portait en m'embrassant follement avec passion. Il m'avoua n'avoir jamais autant voulu posséder une femme et il me promit une nuit mémorable. Le déclic de la porte qui se débarrait se fit entendre et nous eûmes un malin plaisir à nous allumer davantage.

Mathias enleva sa chemise et il mit de la musique latine pour m'inviter à danser sur le rythme d'une salsa. Collé-serré à ce mec sensuel au dos musclé et aux fesses fermes, je me laissai envahir quand peu à peu je me retrouvai déshabillé embrassé par celui qui ajoutait immanquablement du piquant à nos échanges coquins.

Je restai nue devant mon homme en pleine perte de maîtrise de ses élans d'ardeur. Je m'offrais des séances de plaisirs solitaires sous son regard quelque peu pervers. Cela allumait l'instinct bestial du mâle alpha qui cherchait à contrôler sa femelle et déverser son désir en elle. L'odeur qui émanait de nos corps chauds envoûtait l'autre provoquant une attirance encore plus puissante. Le parfum brut du sexe se fit sentir des heures durant dans la chambre.

Chapitre 15

À sept heures, ça cogna pour nous informer que notre petit-déjeuner était servi. Mathias nu comme un ver alla chercher le plateau roulant laissé devant le seuil de la porte. Il ouvrit la porte caché par cette dernière et tendit son bras pour l'approcher dans la pièce. Il l'apporta au côté du lit et rentra à nouveau sous la couette de plume. Nous nous étreignîmes un moment, nous consumâmes ardemment avant de dévorer ce repas qui nous attendait. J'avais les cheveux ébouriffés, cela me donnait un air désinvolte, disait-il. Il mentionnait que mes petits yeux verts, mon sourire et mon « bon matin » joyeux provoquaient instantanément de la gaieté dans son cœur.

Nous quittâmes tôt ce lieu enchanteur pour les tombes royales. Ça pouvait faire un peu morbide d'aller visiter des morts avant d'unir sa destinée à quelqu'un! Le site était désert à cette heure. Il y avait quelques véhicules dans les rues de ce village typique devenu populaire grâce à une découverte archéologique dans les années 1970. Les corps de Philippe de Macédoine ainsi que celui de son petit-fils Alexandre IV et ceux d'autres aristocrates y reposent, en plus de nombreux objets appartenant à cette époque lointaine de l'antiquité.

Puisqu'il était interdit de filmer à l'intérieur, Mathias s'installa devant le monticule de gazon avec la descente et la porte donnant accès au musée et je captai cet instant.

Vergina fut la première capitale de la Macédoine, le huit novembre 1977, elle devint célèbre grâce à une trouvaille archéologique allait marquer l'histoire. Il s'agit de la découverte d'Andronicos, de la nécropole renfermant plus de trois cents tumulus dont certains remontent au XIe siècle avant J.-C. À titre informatif, un tumulus désigne un monticule artificiel en forme de dôme rempli de terres et de pierres. Ce site abrite les sépultures de tous les rois macédoniens, à l'exception de celle d'Alexandre le Grand, qui demeure, jusqu'à ce jour, un mystère! Classé au patrimoine mondial de l'UNESCO, seulement quelques touristes y viennent chaque année. Le tertre d'un diamètre de cent mètres et d'une hauteur de treize mètres renfermait entre autres la dépouille de Philippe de Macédoine. Le lieu est facilement accessible et on peut descendre jusqu'aux portes des tombes. De nombreux items comme des diadèmes, des coffrets en or, ainsi que de la vaisselle en argent sont parfaitement conservés dans le musée. Qui aurait pu concevoir qu'une monarchie vieille de l'antiquité reposait sous ce monticule reconstitué grâce à un toit végétalisé? Ici Mathias Ortiz dans l'ombre d'une touriste.

— J'ai trouvé l'endroit lugubre, pas toi?

— Un peu, mais tellement intéressant... Tu imagines cette femme qui s'est sacrifiée pour que le corps de son roi ne soit pas seul dans son sarcophage?

— Elle devait l'aimer terriblement ou être vraiment dingue!

— Tu m'aurais abandonné dans ma tombe?

— Absolument et mieux encore... J'aurais laissé seulement ta dépouille dedans et je serais partie avec ton trésor pour en profiter avec un autre! dis-je en riant de bon cœur et en me collant à mon amoureux pour lui faire une accolade et me faire pardonner d'autant de franchise.

*****

À une quinzaine de minutes de là se trouvait notre ultime destination où nous nous apprêtions à conjuguer le verbe aimer à l'infini. Mathias avec la collaboration de Sofia et Panayiotis avait organisé notre mariage. L'hôtel

Kalaitzis qui signifie le bonheur retrouvé était situé en haut d'une colline disposant d'un environnement enchanteur au centre d'un vignoble. Le propriétaire nous accueillit dans le stationnement.

— Bienvenue au domaine Kalaitzis, vous devez être Mathias et Kate.

— En effet! Répondîmes à l'unisson.

— Laissez-moi vous aider avec vos bagages.

Cet établissement luxueux perché dans une vallée, portait bien son nom. Il faisait penser à un manoir de l'époque byzantine. La décoration somptueuse invitait à s'y détendre et à vouloir y rester longtemps. Autant l'intérieur que l'extérieur savait ravir. Nous fûmes surpris d'apprendre que c'était une construction récente qui datait de moins de dix ans.

Le fils du propriétaire qui nous avait chaleureusement accueillis était l'architecte derrière tous les détails. Il avait supervisé les travaux pour garder la plus grande similitude avec d'anciens manoirs de cette époque. Son perfectionnisme se voyait dans toutes les pièces.

La chambre qu'il nous avait réservée était invitante avec un ameublement digne d'un château romantique comme nous retrouvons dans les romans à l'eau de rose avec des draps de satin blanc et des rideaux majestueux qui exposaient le décor féerique extérieur pourvu d'une rivière non loin et de la ville médiévale de Véria dans la vallée. Un bouquet de fleurs sauvages très odorantes était déposé sur la table de nuit avec deux chocolats. Mathias était fier que cet endroit soit aussi noble que celui décrit par Sofia.

Nous allâmes nous promener main dans la main dans le jardin avant de choisir de nous installer dans le pavillon pour prendre un goûter. Mathias me rappela que dans quelques heures je deviendrais sa femme et que nous allions être unis à jamais. De sentir que cela le comblait, lui qui avait si peur de l'engagement il y a quelques semaines, me rassura. La pergola avait été décorée de voilage blanc et bleu pour l'occasion et les chaises étaient disposées pour la cérémonie. Il y avait une douce mélodie qui sortait des haut-parleurs dissimulés dans les colonnes. Tout de cette journée s'alignait parfaitement.

C'était un bonheur de voir surgir Sofia, Panayiotis et Gabriel vers midi. Alexia, elle couru vers Mathias et lui sauta au cou et il la fit virevolter dans les airs. Sa robe de princesse lui convenait à merveille et elle semblait fière d'être dans les bras de mon homme! Sofia avait les larmes aux yeux. Elle était surprise de la suite des événements. Elle se souvenait de notre première conversation à mon arrivée en Macédoine, j'étais célibataire et Mathias représentait un « flirt » de vacances et là... j'allais unir ma destinée à la sienne. Elle était touchée de constater qu'en si peu de temps, j'empruntais un chemin inattendu. Elle était contente pour moi et souhaitait qu'un jour un enfant naisse de mon union avec cet homme. Elle était convaincue qu'il ferait un père formidable, car il excellait avec la petite. J'avais oublié cet élément qui semblait atrocement manquer à ma vie lors de mon départ du Canada.

Certains pourraient penser que ce mariage était hâtif dans une relation nouvelle comme la nôtre. Quand nous avons la chance de rencontrer cet être merveilleux duquel notre âme s'entiche d'amour, nous devons écouter la voix qui nous dit de ne pas avoir peur et de foncer! Pourquoi remettre à plus tard, sachant que demain n'existe pas?

Avec Sofia et Alexia, nous retournâmes à ma chambre où une dame nous attendait pour notre métamorphose. Mon amie portait une robe longue en satin lilas qui lui donnait encore plus d'élégance. Elle l'avait achetée pour le mariage de sa cousine l'été précédent. C'est elle qui avait décidé de nos bouquets ainsi que les boutonnières des hommes. J'étais surprise de voir des fleurs jaunes : ce qui n'était pas ma couleur favorite. Quand j'appris la définition, j'ai compris qu'elle ne pouvait pas si bien choisir.

— L'iris était la messagère des dieux dans la Grèce antique. Et sa fleur symbolise l'amour et le bonheur qu'il soit confiant, ardent ou tendre… me révéla-t-elle.

Les hommes avaient déposé des pétales de roses sur le plancher de la pergola, formant un chemin jusqu'au prêtre. Un photographe professionnel allait immortaliser le moment. Il s'installait pour voir quels seraient les meilleurs angles pendant Mathias demanda au propriétaire s'il aurait objection à filmer la cérémonie pour que les gens puissent suivre en direct l'heureux événement. Cela lui faisait le plus grand plaisir! Quand ils eurent terminé, ils enfilèrent leurs costumes et ils descendirent à la salle de scotch au sous-sol pour s'enfoncer confortablement dans les fauteuils capitonnés avec un verre de ce fort et un cigare.

Sofia me montra l'article qui avait été publié la même journée dans le quotidien de Thessalonique pour annoncer la nouvelle.

Moi, Mathias Ortiz de Bogotá en Colombie, je serai le plus comblé des hommes quand Kate Westfield de Toronto au Canada aura accepté d'être ma légitime épouse le dix-neuf juin. Si des gens veulent s'y opposer, la noce aura lieu à Vergina à seize heures.

C'était une exigence pour rendre le mariage officiel. J'étais surprise que mon amie ait été autant impliquée dans ce projet. Mathias était rempli de louables intentions et il avait encore une fois réussi à se surpasser. La coiffeuse s'affairait sur ma tête, à remonter mes cheveux quand je réalisai que je n'avais pas composé mes vœux. L'inspiration me vint, car j'écrivais avec la voix de mon cœur, je ne pouvais pas me tromper et je trouvai les mots justes.

— J'ai vu la bague qu'il va t'offrir... Elle est splendide!

— Il tenait à me faire la surprise. Je sais qu'il s'agit d'une émeraude sertie d'un diamant. Elle a été confectionnée par une artiste qu'il a rencontrée sur le bord de la mer. J'ai presque été jalouse d'elle!

— Il ne fallait pas t'en faire ma belle, car elle t'aurais sûrement préféré à lui! Me dit-elle avec un clin d'œil taquin.

Nous éclatâmes de rire. Quand je songeais m'être fait du mouron à cause d'elle!

— Tu connais la symbolique de l'émeraude? Me questionna-t-elle. C'est la pierre de l'amour véritable, elle apporte la dévotion, la loyauté, l'adoration et l'amitié. Le diamant représente la valeur sans fin de votre union.

— Crois-tu que c'est irréfléchi et ridicule ce que je fais là?

— Pas du tout! Aucun amour n'est fait pour durer éternellement sans devoir y mettre du sien... Que vous soyez marié ou pas, vous avez toujours le choix de marcher côte à côté ou de faire chemin à part. Vous avez eu de la chance de vous être trouvé sur l'île de Santorin. Vous formez un duo génial!

Je le pensais également. Je venais d'enfiler ma robe de dentelle. Une ouverture sur la jambe me donnait une allure élégante et « sexy ». Nous aurions pu croire qu'elle avait été conçue spécialement pour moi. Je me regardai dans la glace et le portrait qu'elle me renvoyait était une Kate plus magnifique que jamais. Mon amie était à mes côtés et semblait penser comme moi. La petite Alexia sautillait partout. Secrètement, j'aurais aimé qu'elle soit la mienne, car elle était parfaite: adorable et si souriante.

Mes cheveux ressortaient encore plus blonds avec tout le soleil pris dans les dernières semaines. Les quatre heures que nous avions à notre disposition s'étaient écoulées rapidement. Toutes les trois, avions été coiffées et maquillées, par cette dame généreuse qui avait accepté de venir travailler un dimanche après-midi.

Pour garder l'attention de la petite, je lui avais raconté l'histoire de « l'incroyable » Rocky qui était traduite simultanément par sa mère. Je me rendais compte que j'avais bien du plaisir à inventer ce type de récits et je voulais éventuellement l'immortaliser sur papier tout comme celle de mon chien Lily qui devait espérer mon retour prochainement à Toronto.

*****

L'hôtel avait organisé un souper qui nous serait servi après la cérémonie. Une musicienne jouait de la contre-base dans le jardin en nous attendant. Les trois hommes portaient des habits chics, même Gabriel avait fière allure dans son costume de location, mais ses super sandales le suivaient avec des bas propres. Mathias semblait un peu fébrile, tout comme Panayiotis qui devait être le garçon d'honneur.

Le propriétaire filmait ce moment heureux qui était transmis en direct sur Internet. Il trouva que j'étais magnifique et que j'étais l'une des plus jolies de l'été!

J'avançais timidement jusqu'à la pergola, où m'attendait mon futur époux, précédé par la petite Alexia joyeuse. Je prenais mon temps pour profiter de chaque seconde. Mathias était tellement beau et, à ma plus grande surprise, il s'était fait couper les cheveux ainsi que la barbe. Je ne pouvais croire qu'il serait officiellement mon mari! Des étoiles scintillaient dans nos regards.

Juste avant l'échange de nos promesses, le prêtre lança à la blague que pour certains vaut mieux s'immerger dans une autre culture afin de mieux comprendre la sienne... pour d'autres, c'est plus simple de l'épouser.

C'est Mathias qui exprima ses vœux le premier. Il prit mes mains et me regarda profondément dans les yeux :

— Je t'offre mon cœur Kate! Tu m'apprends à devenir un homme plus complet et meilleur de jours en jours, de minutes en minutes.

Il s'arrêta quelques secondes avant de poursuivre. Il semblait ému.

— Je te choisis comme épouse et future mère de mes enfants pour partager le reste de ma vie.

Un flot d'émotions était palpable entre nous. Nous n'avions jamais abordé la question de la marmaille et pour lui, ça semblait faire partie de nos projets communs. Je sortis le bout de papier sur lequel j'avais noté mes mots en tremblant. Je pris une grande respiration avant d'enchaîner :

— Mathias, mon tendre amour, je te promets d'être la meilleure épouse qui soit et de tout faire pour te rendre heureux et d'être à la hauteur de notre union.

Quand le « vous pouvez maintenant embrasser la mariée » fut prononcé, Mathias s'exécuta et m'offrit un baiser ardent en m'inclinant pour faire plus théâtral. J'avais le bras dans les airs avec mon bouquet jaune. Le photographe prit de nombreux clichés de l'événement. Le mariage était à notre image : simple, mais de bon goût! Mathias chanta à capella *Beautiful in white* de Westlife. Il a le talent pour trouver la mélodie qui va parfaitement avec ses émotions. Je découvrais sa belle voix. Après les premières lignes, il m'enveloppa de ses bras et me fit danser amoureusement. Il me regardait dans les yeux tout en poursuivant sa douce chanson. Je frissonnais de bonheur, car tous ces mots s'adressaient à moi.

Je ne suis pas certain si tu le savais,
Mais quand nous nous sommes rencontrés,
J'étais si nerveux que je ne pouvais plus parler,
Dès ce moment,
J'ai su que je venais de trouver,
La pièce manquante à ma vie,
Tant que je vivrai, je vais t'aimer,
Je serai à toi et te porterez,
Tu es si belle en blanc ce soir,
À partir de maintenant et jusqu'à mon dernier souffle,
Je te chérirai à jamais,
Tu es si belle en blanc ce soir...
Ce que nous vivons est éternel,
Mon amour est sans fin,

Et avec cet anneau, je,
Dis au monde entier,
Tu es ma seule raison,
Tu es tout ce en quoi je crois,
Avec tout mon cœur, je pèse chacun des mots,
Aussi longtemps que je vivrai, je vais t'aimer,
Je serai à toi et te porterez,
Tu es si belle en blanc ce soir,
Et si un jour nous avons une fille,
J'espère qu'elle aura tes yeux,
Et qu'elle trouvera l'amour comme nous,
Nous la laisserons aller,
Et nous marcherons l'allée avec elle,
Que tu es belle en blanc ce soir,
Je vais t'aimer à jamais,
Je t'aurai et te porterez,
Tu es si belle en blanc ce soir,
Jusqu'à mon dernier souffle,
Je te chérirai...

Nous nous sommes adressés à nos proches, nos amis et aux auditeurs de Mathias pour les remercier d'avoir été témoins de notre grand jour. Ils ont été plusieurs à commenter l'événement et les messages de félicitations abondaient. Notre vidéo fut visionnée d'innombrables fois sur Internet par des regards curieux. Nous avons fait la manchette de quelques journaux et magazines. Mon éditeur fût surpris d'apprendre que je n'étais plus avec Pierre, car désormais marié à Mathias.

Un somptueux repas fut servi à l'extérieur sur la terrasse avec du vin provenant du vignoble. Par la suite, nous descendîmes dans la cave en pierre pour une dégustation privée de scotch. La décoration rustique me rappelait l'Écosse. Nous étions six personnes heureuses d'être là.

Moi dans ma belle robe et Alexia dans la sienne, nous nous amusions à jouer les princesses. Elle était notre petit rayon de soleil qui devait bientôt aller se coucher. Juste avant de partir, Gabriel proposa un toast : à l'amitié et à l'amour, longue vie à cette union ! À l'unisson, nous dîmes : *Yamas!*

Notre première nuit comme nouveaux mariés fut sublime. Je me rendis compte que seulement vêtue de ma bague, j'étais encore plus sexy. Une fois qu'un cœur s'accoutume à la tendresse, il ne peut plus jamais s'en passer. Nous avions une complicité si grande et j'étais convaincue que notre amour serait plus fort que tout. Nous déjeunâmes tous ensemble avant de reprendre la route pour la villa. Mathias avait réglé la note de nos invités ainsi que de la célébration. Sofia avait attrapé mon bouquet et Panayiotis en profita pour déterminer une date de mariage. Le vingt-cinq décembre, la journée de Noël, ils uniraient leur destinée à ce même endroit. Nous serions à notre tour leur garçon et fille d'honneur, avaient-ils convenus.

Chapitre 16

Il était bon de revenir à la villa. Un petit Rocky semblait s'être ennuyé de nous. Il vint nous accueillir comme un chien de poche. Nos pensées retournèrent rapidement sur nos recherches du coffret qui étaient demeurées au point mort à cause de la succession des heureux événements des derniers jours. Nous recommençâmes à investiguer pour trouver plus de renseignements afin de nous protéger et de prouver l'exactitude de la découverte à l'intérieur de la malle. Nous parlions tout en expliquant chacune des étapes qui étaient captées sur la caméra. Deux billets nous marquèrent davantage que les autres. Ils avaient été écrits vraisemblablement par Aristote à Olympia, la femme du roi Philippe II. Nous avions plusieurs lettres d'amour échangées entre ces deux personnes.

— N'est-ce pas incroyable! Cette princesse d'Épire avait épousé son roi. De cette union sont nés Alexandre Le Grand et Cléopâtre de Macédoine. résumais-je en exposant mes premières trouvailles.

Je pris une gorgée de café tout en flattant le petit Rocky qui s'était installé confortablement à côté de nos ordinateurs. Je regardai Mathias avant de poursuivre.

— Ils s'étaient rencontrés sur l'île de Samothrace lors d'un rituel initiatique aux mystères des grands dieux. Elle était prêtresse de Zeus et avait tourmenté l'homme au point qu'il veuille se marier avec elle. Mais un secret encore plus notable subsistait entre eux... expliquant peut-être le caractère ambitieux, acariâtre et sans pitié d'Olympia envers son époux qui cumulait les infidélités.

Mathias m'observait fasciné par tout ce que je venais d'apprendre sur Internet. Il me caressait les cheveux et attendait la suite de mon exposé.

— Une légende affirmait qu'Olympia n'avait pas conçu Alexandre avec Philippe, mais avec Zeus. Ce « Zeus » n'était en réalité, nul autre qu'Aristote. Regarde mon chéri, c'est écrit noir sur blanc qu'Olympia était enceinte du philosophe avant même de rencontrer son roi.

Je lui montrai l'extrait sur le message et la traduction manuelle que nous venions de faire. Nous étions abasourdis : Aristote était le père biologique d'Alexandre le Grand! C'était toute une nouvelle...

— Elle aurait séduit Philippe pour le marier lui promettant de lui donner un fils qui aurait un tempérament exceptionnel. déduisit-il.

— Tout à fait! À l'automne 355 Av J.-C., ils eurent une idylle qui était en fait, une mémorable histoire d'amour. Un peu comme la nôtre Mathias, révélais-je en lui faisant un clin d'œil.

— Étant donné que Aristote ne disposait d'aucun titre de noblesse, il n'osa épouser celle qu'il aimait, car elle appartenait à un autre monde. Il savait que son enfant pourrait aspirer à un meilleur destin avec un père aristocrate.

— Je suis sidérée, leur relation fut le plus magnifique secret de ces temps et la flamme qui les allumait ne s'éteignit jamais, nous en avons la preuve ici!

— Cela doit expliquer pourquoi le grand penseur retourna à Athènes poursuivre ses études avec Platon et au décès de ce dernier, en 343 Av J.-C., il revint en Macédoine. Ça devait fendre son âme, voir celle qu'il aimait dans les bras de cet homme avec son enfant! Savoir qu'un autre élèverait notre enfant me rendrait dingue, affirma-t-il en s'approchant pour déposer un baiser dans mon cou.

— Je ne te ferais jamais ça mon « ptit loup ». Imagine la situation ambiguë quand il devint le précepteur d'Alexandre pendant trois ans.

Nous apprîmes que durant cette même période, il se maria à Pythias avec laquelle, il eut une fille. Il devint veuf quelques années plus tard et épousa Herphyllis qui lui donna un second fils. Ces années auprès d'Alexandre furent enrichissantes. Dès son jeune âge, Philippe formait son garçon à la pratique du pouvoir et celle de la guerre, tandis qu'Aristote enseignait la discipline philosophique du bien-vivre et du bonheur. Plusieurs correspondances eurent lieu entre la reine et lui durant cette période. Nous en avions la preuve entre nos mains.

— On dirait bien que Philippe était un polygame éhonté, il eut bon nombre de rejetons illégitimes, découvrit Mathias. Ce n'était pas certain qu'un jour Alexandre lui succéderait sur le trône, car Olympia était détestée des Macédoniens.

Il s'octroya une pause de quelques minutes avant d'examiner à nouveau tous les documents sur la table.

— Nous faisons vraiment une bonne équipe, ma tendre épouse! Je le pense encore plus aujourd'hui que nous étions prédestinés à nous croiser... Je ne crois pas que c'était un hasard notre rencontre cette nuit-là à Santorin.

— On dirait que ma vie emprunte une direction que je n'avais pas vue aller. J'étais malheureuse à Toronto avec Pierre, c'est seulement aujourd'hui que je m'en aperçois. J'avais l'impression de ne pas m'accomplir. Quelque part, j'ai voulu avoir du bon temps avec toi, sans rien prendre au sérieux et sans attente. Plus je te découvre, et plus que j'ai des sentiments profonds pour toi!

— Tu résumes bien ma pensée et en plus, je suis persuadé qu'auprès de toi, je deviens un journaliste plus complet.

Rocky allait et venait dans la pièce. Mathias lui avait concocté une boule avec du papier d'aluminium et il semblait beaucoup s'amuser avec. Il était devenu, sans le savoir, le héros d'une nouvelle série de livre pour les enfants. J'inventais des histoires pour Alexia qu'elle adorait. Rocky et mon chien Lily étaient les vedettes et cela captivait la petite. Elle aimait nous visiter pour voir son nouveau héros, notre chat, qui disposait de pouvoirs exceptionnels selon sa perception!

Quand nous n'étions pas à profiter des plaisirs de la Grèce, comme les surnommaient Mathias, nous redevenions concentrés comme deux inspecteurs de police espérant élucider un meurtre d'une grande importance.

Ces recherches se poursuivirent quelques jours, mais furent surprenantes. Nous venions d'apprendre qu'un conflit perdurait entre Alexandre et son père, d'une part, à cause de ses innombrables infidélités et aussi pour la façon dont il traitait ses propres enfants. Pouvions-nous lui reprocher d'exiger la perfection d'eux se croyant lui-même un quasi-dieu?

— Savais-tu qu'un jour, quelqu'un demanda à Alexandre lequel entre son père et Aristote il préférait?

Mathias me regarda voulant entendre la suite.

— Il avait relaté: j'ai un père qui me montre à combattre et j'en ai un qui m'enseigne la vie. Je les affectionne tous les deux pour des raisons différentes.

— C'est très bien dit! Aristote semblait si aimant d'Olympe. On peut le ressentir dans cette lettre.

Il amorça la lecture de la traduction du message sur lequel il avait travaillé de nombreuses heures.

Oly, ma tendre, ma douce,

Ça me déchire de voir comment le peuple vous méprise, vous qui êtes bonté et lumière. Jour après jour, je suis de plus en plus fier de notre fils qui sera un jour nommé roi. Il est rusé comme la femme que j'aime. Je me fais misère de ne pas lui dire qui je suis quand il me parle comment son père est dur avec lui. Il le forme à devenir un conquérant, peut-être le plus grand de tous les temps, mais moi, je veux lui enseigner le bonheur, la vie.

Ma reine, je souhaiterais tant pouvoir vous adorer, vous vénérer comme vous le méritez. N'oubliez jamais que nos sentiments sont purs, notre amour est infini. Je dois épouser une femme pour empêcher que notre secret soit mis à nu.

Vous êtes ma chérie, ma muse, mon âme retrouvé,
Avec toute ma gratitude et ma tendresse,
Aris

Un peu plus tard cette journée-là, nous réussîmes à décoder une seconde lettre révélant le contenu complet détenu dans le trésor éclaircissant ainsi beaucoup d'interrogations que nous avions.

Oly, ma tendre ego,
Les années ont été difficiles pour toi... je te sens aigrie, car tu as été affamé de pouvoir pour notre fils. Suivant la mort de son père, il a mené à bien de nombreux combats et il a su démontrer l'attitude d'un bon guerrier, tel qu'on le lui a enseigné.

Je n'ai pu éviter de lui divulguer la vérité à propos de sa destinée qui aurait été tout autre... Il n'aurait pu aspirer au trône découvrant que j'étais son père, moi, humble citoyen de l'empire grec. On le proclame, Alexandre le Grand... On a choisi de ne plus se parler pour ne pas nuire à sa progression. Nous n'avons jamais été en chicane, mais avions tous deux le même objectif : son bonheur et ses projets de grandeur.

Il a été ma plus glorieuse fierté, tout comme mes deux enfants. Je pense souvent à toi et à ce qu'on aurait pu être dans d'autres circonstances.

Je t'envoie les écrits de mes dernières recherches. J'ai pleuré à fendre l'âme au décès d'Alexandre. J'ai décidé de fuir les Athéniens, car je crains qu'ils ne veuillent commettre un crime contre mes idées philosophiques comme ils l'ont fait jadis avec Socrate. Paisiblement, je vivrai sur une île dans le corps d'un vieil homme auprès de ma seconde épouse et de mes enfants. D'autres poursuivront ma tâche d'enseignement au lycée.

Dans mes réflexions, j'aborde la politique et le pouvoir, d'après mon analyse d'Alexandre, notre fils. Il m'a inspiré des songes pour son expérience, je désirais obtenir ton accord pour les rendre accessibles à tous. Tu trouveras mes derniers écrits en lien avec ma confrontation idéologique : mon maître Platon, pour qui j'avais beaucoup de respect, m'a grandement désappointé. Tu sauras comment bien en disposer, car tu es d'une intelligence inégalée.

Tu as été la première femme que j'ai aimée, la seule pour laquelle j'aurais donné ma vie... On vivra un jour heureux, dans un autre monde.

Je t'adore ma tendre reine,

Aris

Pour accompagner le tout, elle laissa une lettre explicative avec les codex.

Un amour impossible, le cœur d'une mère pourvu d'une incommensurable ambition qui voulut donner un destin inégalé à son enfant. Son histoire aurait été tout autre...
Aristote, prénom venant du mot aristo signifiant excellent, le meilleur, le plus brave était le père du plus grand conquérant jusqu'à présent, mon fils Alexandre. Voici des énoncés qui pourraient changer la pensée de l'humanité telle qu'on la connaît. J'ai jugé opportun de ne rien divulguer. Sachez que vous détenez dans vos mains un outil puissant... à vous de choisir comment l'utiliser.

Je soussigné, Olympia, une amoureuse, une maman et surtout une femme ambitieuse qu'on aura détestée pour de mauvaises raisons.

Il y avait des livres écrits par le plus grand philosophe de l'humanité et qui n'avaient jamais été découverts. Tout cela constituait notre trouvaille. L'histoire telle que nous l'avions connu changerait à jamais et nous étions les instigateurs de cette révélation. Fallait-il approfondir davantage pour prouver l'exactitude de tout cela...

Nous devions maintenant contacter la police ainsi que le département archéologique du gouvernement Grecque, car le trésor avait été trouvé dans les eaux territoriales du pays et il lui revenait de droit.

Marc-Antoine souhaitait laisser sa tendre épouse décider du sort de cette information, mais jamais Cléopâtre ne le sut à cause de sa fin tragique. C'est Dimitrios, un ancêtre de Sofia, qui tomba par hasard sur une carte, laquelle identifiait clairement le lieu du petit nid d'amour de ces deux passionnés... Mais la nouvelle était probablement trop grande pour qu'il veuille en assumer son contenu. Il préféra remettre le coffre au fond marin pour des raisons qui lui appartiennent et il cloua la carte sous une planche dans le grenier de sa maison sur le bord de la mer à Nea Plagia. Il n'en parla jamais à personne. Peut-être valait-il mieux l'ignorer et poursuivre le cours de sa vie simplement? Par un grand hasard, nous étions tombés sur ce document et le destin nous a permis de faire une découverte majeure. Le ciel et toutes les étoiles étaient bien alignés pour nous propulser haut.

Cette capsule produite par Mathias, fut diffusée de façon massive sur Internet et sur les médias sociaux. Au même moment, où le message se transmettait à une vitesse vertigineuse dans le monde, il téléphona aux autorités légales afin de remettre le bien historique. Une bombe venait d'être lancée.

*****

Une nouvelle comme celle-ci fit le tour de la planète. Nous recevions des demandes d'entrevues un peu partout sur les grandes chaînes d'informations comme la BBC et CNN. Les capsules web qu'il avait produites dans les dernières semaines firent sensation. Sofia et Gabriel eurent leurs deux minutes de gloire également. La première pour la carte trouvée dans le grenier de sa villa et le second pour avoir découvert si facilement le lieu car il fallait du génie pour la lire et tomber exactement sur le point précis. Plusieurs voulurent l'embaucher pour aller faire des excursions en mer. Par contre, le mérite nous revenait car nous avions bravé les eaux agitées et brouillées pour dénicher ce trésor.

Nous fîmes de nombreuses apparitions à la télévision, à la radio, dans les quotidiens ainsi que dans les magazines. Les ventes de mes livres montèrent en flèche. Mon éditeur lança une réimpression. Il savait que je terminais l'écriture de cette histoire qui se déroulait en Grèce. J'avais téléphoné à Pierre pour vérifier que mon chien Lili allait bien et aussi pour lui mentionner, avant que la nouvelle ne fasse le tour de la planète de mon mariage hâtif avec le Colombien. Je fus surprise d'entendre de magnifiques mots venant de lui et surtout ceux nous souhaitant une vie heureuse. Devenons-nous aigri quand nous ne sommes pas avec la bonne personne pour soi? Une fois libérée, la joie nous habitant se transpose sur les autres et une vague de positivisme nous entoure et nous revient. Il était d'avis que notre trouvaille demeurait surréaliste et il espérait que cela nous apporte de spectaculaires répercussions dans nos vies. Avait-il fallu un peu de distance et du temps afin que notre pacte de l'amitié puisse réellement fonctionner?

*****

Un soir, nous avions accordé une entrevue tous les cinq acolytes pour une émission de télévision populaire grecque dans le centre-ville de Thessalonique à propos des belles histoires d'amour vécues en Macédoine par Aristote et Olympia ainsi que celle de Marc-Antoine et Cléopâtre. Le présentateur suggéra que celle d'une écrivaine canadienne et d'un journaliste colombien était peut-être la troisième...

154

Humblement, je répondis que contrairement à Olympia et Cléopâtre, je n'avais pas de sang royal.

Nous poursuivîmes dans un restaurant branché de la ville. Partout, où nous marchions, les gens nous arrêtaient pour nous parler et nous poser des questions. La majorité était unilingue grecque et nous n'arrivions pas à nous comprendre et cela nous faisait sourire. Nous devenions des célébrités instantanées. Nos vies privées étaient épiées et passées au peigne fin. Sofia avait pris soin de mettre à l'abri Alexia de ce vedettariat rapide.

Nous avions cru que c'était la fin des surprises mais ce soir-là, nous venions de commander quand une femme incroyablement sexy entra dans ce lieu. Elle portait des lunettes de soleil roses éblouissantes avec une robe moulante de couleurs criardes. Ses souliers à talons aiguille pointus avec une fausse semelle devaient lui donner vingt centimètres de plus. Elle avait les cheveux blonds avec une immense repousse et du maquillage à faire pâlir de jalousie un clown. Les yeux de Gabriel sortirent de ses orbites, car c'était de loin la plus belle créature qu'il n'ait aperçue de toute sa vie. Tout le monde à la table voyait différemment cette personne colorée. Elle trébucha dans les fentes du plancher et tomba presque. Avec de telles échasses, ça devait être ardu de seulement garder l'équilibre.

Gabriel nous quitta rapidement pour aller faire opérer son charme auprès de cette dame. Son deuil des relations multiples semblait soudainement être complété.

— De toutes les filles ici ce soir, c'est toi la chanceuse que j'ai choisie, lui dit-il.

— Vraiment?

— Je suis Gabriel, c'est moi que l'on voit à la télévision depuis les derniers jours. Mathias Ortiz et de Kate Westfield qui sont là-bas, m'ont embauché pour conduire mon bateau et trouver le lieu d'un incroyable trésor de l'Antiquité.

— Wow! Je suis ravie de te connaître. Je suis Georgia, dit-elle avec une voix rauque.

— Enchanté beauté, je dois souper avec mes amis, mais plus tard, si tu le désires, on pourrait sortir prendre un verre ensemble. Qu'en penses-tu?

— C'est une bonne idée, enchaîna-t-elle.

— Chez moi, j'ai les parties de soccer de toute la saison des United Manchester et les Real Madrid d'enregistrées.

— Tu es un homme plein de surprises Gabriel.

— Avec moi poupée, tu ne peux pas t'ennuyer. On se rejoint ici vers vingt-et-une heures?

— Parfait beau gosse, à tout de suite. dit-elle en passant devant lui tout en se trémoussant les fesses et en montrant qu'elle avait de faux ongles trop longs.

Il revint vers nous, venant d'avoir un coup de foudre... Nous savions tous qu'un pétard perd tout son attrait, car la magie qui frappe si ardemment au départ s'estompe aussi rapidement. Georgia n'était pas une beauté naturelle, mais un homme-objet transformé. Gabriel était obnubilé par elle et personne ne pouvait rien n'y faire et surtout, nous n'avions pas le courage de lui révéler la vérité pour ainsi briser sa joie.

*****

Mathias et moi allâmes étudier les écrits trouvés avec une équipe d'historiens, philosophes et de sociologues de l'Université d'Aristote de Thessalonique. Nous avions démystifié les propos d'opposition d'Aristote pour l'ouvrage de *La République* de Platon. Il jugeait ses idées de complètement farfelues et sans fondement, surtout quand ce dernier disait que seuls les philosophes, les amants de la connaissance, peuvent apporter le bonheur aux hommes et aux états en dirigeant et en modelant selon la forme de justice. Il avait documenté sa pensée à partir de sa citation suivante « Le bonheur est à ceux qui se suffisent à eux-mêmes » et révélait que « l'ignorant ne fait qu'affirmer, le savant doute tandis que le sage réfléchit ». Et il serait impensable de croire que seulement un sage peut procurer le bonheur, car celui-ci réside à l'intérieur de chacun et seulement celui qui saura apprécier sa simplicité pourra le partager. « Le bonheur d'une vie ne s'apprécie qu'au soir d'une vie », disait-il.

En plus des livres démolissant l'idéologie de Platon, Aristote avait laissé des ouvrages sur les mathématiques, la science et la politique. Il avait bien documenté l'évolution du grand conquérant. D'une part avec sa formation basée sur la bonté humaine et le bonheur qu'il avait prodigué jumelé et d'autre part à celle sur le pouvoir qu'un roi ambitieux avait transmis à son fils.

*****

Un jour, Gabriel vint à la villa avec Georgia. Ça faisait déjà six rencontres qu'ils avaient et contrairement à ses habitudes, il n'avait pas encore expérimenté l'intimité avec cette dernière. Il se promettait une superbe soirée endiablée. Nous ne comprenions pas ce que Gabriel ne voyait pas.

— On devrait le lui dire? Demandais-je à Mathias.

— Laissons-le découvrir le secret de Georgia, reprit-il en pouffant de rire...

Gabriel cogna à la porte de la villa Helena à l'aube. Il n'avait pas dormi de la nuit. Il savait maintenant la vérité... Georgia était en réalité un George déguisé en dame! Comment avait-il fait pour ne pas s'en apercevoir plus tôt? Il était si déçu, car il adorait passer du temps avec elle... en fait lui.

— Elle aimait tant écouter les parties de soccer avec moi! C'était la première fois qu'une femme se passionnait autant que moi pour le United de Manchester. Faut-il être assez dégueulasse pour se jouer de la naïveté des gens?!! nous demanda-t-il.

— Comment as-tu découvert qu'elle était un homme?

— On s'embrassait et ma main a voulu tremper en elle. Elle se glissa dans sa culotte et j'ai senti une bosse qui se durcissait! J'ai été surpris avant de devenir furieux. Après, je me suis levé et je suis parti...

— Qu'a-t-il dit? s'informa Mathias se mordant les joues pour ne pas éclater de rire.

— Pendant que je quittais, il me suppliait de rester car il disait être en amour avec moi. Avoir su que j'étais George, tu ne m'aurais jamais regardé... je n'avais pas le choix, argumenta-t-il! Une personne qui aime ne base pas une relation sur un mensonge... Je lui ai dit : adieu !

— Et comment te sens-tu?

— Jamais quelqu'un n'a été aussi méchant envers moi. Je me sens trahi. On va vraiment croire que je suis le con du village!

— Oublie cette histoire et tu pourras en rire plus tard... Ce secret restera entre nous, on te le promet Gabriel, tu es un chic type et nous t'apprécions beaucoup.

Gabriel était moins découragé à son départ qu'à son arrivée. C'était fâcheux pour lui qu'il n'ait pas réalisé plus tôt qu'il s'agissait d'un travesti. Tout le monde s'en était aperçu sauf lui, bien sûr! Hélas, c'était un apprentissage qu'il devait faire par lui-même.

— Tu ne crois pas que l'on aurait dû l'en informer? J'ai de la peine pour lui!

— Tu es trop gentille Kate, il se devait de le faire par lui-même... Sûrement que sa résolution d'être monogame ne tiendra plus, s'amusa de mentionner Mathias.

*****

Notre dernière journée à Thessalonique passa trop rapidement. Mathias et moi fîmes un tour de la région avant de terminer sur la plage à nous détendre. Nous préparâmes nos bagages et nous dirigeâmes au restaurant pour notre souper de départ avec Sofia, Panayiotis, Alexia et Gabriel. Nous étions devenus les « joyeux amis internationaux » et à jamais nous resterions en relation. Nous avions convenu de nous revoir dans six mois pour le mariage de Sofia. Nous avions déjà une chambre de réservée au domaine Kalaitzis pour l'occasion. Nous nous quittâmes sur une note joyeuse sachant que ce n'était qu'un au revoir. Mais pour nous, nous avions une meilleure façon d'occuper ces dernières heures en Grèce. Le lendemain, nous devions prendre un vol pour Athènes en matinée et tous les deux avions des connexions pour retourner dans nos pays respectifs.

Tous les préparatifs pour adopter Rocky et le faire devenir un chat canadien bien en règle étaient complétés. Il voyagerait dans une cage avec moi en cabine. À l'aéroport d'Athènes, il serait dans un lieu sécurisé dans lequel, il aurait un peu de liberté avant de réintégrer sa cage avec des calmants pour le garder somnolent.

Quand nous revîmes à la villa, il nous attendait sur le balcon avant. Il se frottait dans nos jambes à nous en faire perdre l'équilibre. Il venait de découvrir les pouvoirs de sa voix. Son miaulement était plutôt communicatif! Mathias me souleva dans ses bras afin de passer le porche d'entrée de la maison comme il l'avait fait lors de notre nuit de noces. Il m'embrassa et me transporta à la chambre où délicatement, il me déposa sur le lit et me déshabilla tout en unissant nos lèvres. Il voulut me faire l'amour comme si demain n'existait pas. Nous étions conscients que nos vies seraient chamboulées, le temps de nous ajuster à notre nouvelle réalité. Le désir était plus ardent que jamais. Nos deux corps enflammés qui brûlaient d'envie alimentèrent ce feu jusqu'à l'explosion des artifices.

Chapitre 17

Le mois de juin s'achevait sur une note un peu nostalgique pour notre couple, plus éperdument amoureux que jamais. En matinée, nous nous dirigeâmes vers l'aéroport de Thessalonique avec Rocky qui ne semblait pas raffoler des véhicules à moteur. Je le réconfortais en lui racontant que Lily serait heureuse de faire sa connaissance et qu'ils deviendraient les meilleurs amis du monde!

Je prenais un vol direct d'Athènes pour Toronto, tandis que Mathias avait une escale à Paris de cinq heures avant d'embarquer en direction de Bogotá. Il ne savait pas encore s'il désirait poursuivre à la radio, ou s'il s'orienterait vers d'autres avenues. Les propositions provenaient de partout et ensemble nous les étudiâmes.

Si quelqu'un m'avait dit que ma vie changerait autant en si peu de temps, j'aurais eu peine à le croire. J'avais accepté de lâcher prise pour profiter à fond de l'instant présent et de sublimes choses m'arrivaient. Nous avions saisi le risque de vivre spontanément les plaisirs de la vie pendant un mois... Juin!

Un engagement persistait! Nous avions tiré à roche-papier-ciseau qui serait le premier à visiter l'autre dans son pays. Mathias viendrait au Canada en août. D'ici là, nous allions communiquer grâce à l'Internet et tenter d'organiser notre nouvelle vie ensemble.

— Tu es à moi ma chérie... Un amour comme le nôtre est plus puissant que tout!

— Diras-tu encore ça à ton retour en Colombie?

— Ne raconte pas de sornettes ma belle... Je te vois le mois prochain... Surprends-moi et tu me montreras pourquoi tu es si fière de ta feuille d'érable.

— Pourquoi pas?

Notre dernière étreinte révélait que peu importe ce qui pouvait arriver, nous serions à jamais liés par un sentiment fort qui nous unissait.

Je ne peux pas encore expliquer pourquoi j'ai accepté d'épouser cet homme si rapidement.

Quand un être réussi à toucher notre âme comme Mathias l'avait fait, il faut prendre le risque de surfer la vague de l'amour infini.

Aucune école n'enseigne ce qu'est une relation... C'est en fait, ce qui unit deux personnes, soit par contrat explicite ou par une entente non verbalisée. Elle projette une belle énergie commune dans l'esprit de grandir et de s'apporter quelque chose en retour. Les étoiles s'étaient bien alignées pour nous... Fallait-il continuer de faire confiance au destin qui avait si bien orchestré notre rencontre, puis notre découverte qui changea la perception de l'humanité face à Alexandre le Grand?

Épilogue

Les mois se sont écoulés à vive allure. Moi, qui à mon départ pour la Grèce, pensais que ma vie était finie et que mon avenir s'annonçait fade et monotone. L'avoir su plus tôt, j'aurais fait ce saut vers l'inconnu bien avant. Ce bonheur qui me colle à la peau est survenu subitement grâce à une résilience. Jamais je n'aurais imaginé qu'un tourbillon de belles émotions façonnerait mon existence. Ce que nous désirons ardemment, nous pouvons l'accomplir ou même le créer.

À mon retour au pays, j'annonçai à Mathias que nous attendions un petit nous, qui se définirait éventuellement en un « je ». Nous avons été étonnés que, du préservatif brisé lors d'une nuit torride, allait naître un bébé. Nous étions comblés! Un beau Milos de huit livres et demi naquit à la fin février. C'était un sublime blondinet qui faisait notre joie. Dès ses premiers jours, il fut transporté dans ce monde effervescent du cinéma et de l'écriture. Il voyageait avec nous, tel un caméléon, il s'adaptait à toutes couleurs de la vie.

D'un commun accord, ni le Canada ni la Colombie ne furent notre terre d'accueil. Nous choisîmes de nous installer à New Rochelle en banlieue de New York. J'avais décidé de vendre mon condo chéri et d'aller retrouver Mathias avec ma fidèle complice Lily et son nouvel ami Rocky qui se comportait plus comme un chien qu'un chat et cela nous provoquait le fou rire.

Mathias fut grandement sollicité par les archéologues et les scientifiques et devint par la force des choses un journaliste notable partout dans le monde. Nous fûmes des conférenciers lors de nombreux événements et un projet de documentaire en Macédoine avec l'idole de Mathias, Josh Bernstein, nous fîmes proposer. Nous retournâmes à trois reprises en Grèce et en Turquie afin de compléter des recherches et rendre l'histoire, tel que nous la connaissions maintenant : véridique.

Le mariage de Sofia et Panayiotis fut majestueux. Deux cents invités s'étaient réunis à l'hôtel Kalaitzis pour célébrer l'heureux événement. Un manteau blanc couvrait le sol et cela ajoutait à la féerie du moment. Alexia était resplendissante dans sa robe de princesse. Elle avait appris à dire « je t'aime » en anglais et cela était adorable.

Gabriel était présent et il nous présenta avec fierté sa nouvelle amoureuse Monica. Cette jolie jeune femme aux cheveux châtains semblait avoir une belle influence sur notre ami et aussi sur son style vestimentaire. Il s'était résigné à une relation monogame et cela lui convenait parfaitement. Nous étions tous heureux de nous revoir!

En grande partie à cause du côté viral de notre annonce faite sur Internet, mon roman *Juin* fut traduit dans huit langues et rapidement, il fit le tour de la planète. Jamais je n'aurais osé espérer un tel succès. Je faisais des entrevues à la télévision et je réalisais que mon ventre grossissait à vue d'œil, surtout quand je devais choisir les vêtements à porter.

La Grèce devint un lieu très prisé cette année-là, malgré l'incertitude politique et économique! Les femmes souhaitaient rencontrer un Mathias et les endroits cités gagnèrent en popularité. Au restaurant Roméo, il y avait une note faisant mention que c'est à cet emplacement que l'amour commence. Le propriétaire fut honoré du passage qui se déroulait chez lui et il y proposait toujours quelques exemplaires de mon roman qu'il vendait à ses clients avec sa signature tout en ajoutant un mot d'encouragement.

James Cameron voulut faire un film avec mon histoire. Il m'offrit de collaborer en devenant scripteur. Il disait aimer appuyer des Canadiens comme lui. J'adorais ce nouveau métier que j'apprenais. J'avais une facilité pour ce travail et c'est un peu comme si j'étais destinée à écrire des scénarios.

Je me suis amusée en créant une trilogie d'aventure pour les enfants. Ces récits écrits simultanément en trois langues découlaient de mon imaginaire et révélaient les péripéties extraordinaires de mes deux animaux. Une fondation fut lancée et les profits allaient à des œuvres de charité pour l'éducation des petits dans tous les pays où ils étaient vendus. Je voulais redonner à la société et cette cause me tenait à cœur.

*****

Au premier anniversaire de Milos, nous étions de passage à Los Angeles. Nous devions le laisser à contrecœur à l'hôtel avec sa « nanny » ainsi qu'avec sa meilleure amie, Lily qui avait eu six ans. Rocky gardait le fort à New Rochelle avec une voisine qui était venue s'occuper de lui.

Nous nous préparions pour la soirée des Oscars. J'étais éblouissante dans ma robe bleu-saphir prêtée par un couturier de renom. Un bijoutier m'avait fourni un collier qui à lui seul valait le prix que j'avais obtenu pour la vente de mon ancien appartement à Toronto. Le clou de cet instant était Mathias dans son smoking. Nous avions été chanceux de nous trouver et aussi de tomber ainsi sur un bien historique. C'est seulement dans les romans à l'eau de rose que ce genre d'affaires arrive. Pourtant, le destin a permis à deux être éteins, de se propulser dans un monde réel en même pas un mois! Ce n'était pas trop beau pour vrai, j'en suis la preuve!

L'entrée sur le tapis rouge à la prestigieuse soirée des oscars fut mémorable. J'étais en nomination pour le meilleur scénario et le film *Juin* en avait reçu deux autres. De nombreux journalistes cherchaient à obtenir des informations particulières, ils me demandaient qui était le créateur de ma robe, comment je me sentais, si je pensais gagner, etc. Je crois m'en être sorti avec brio. Je préférais laisser rayonner mon mari et être dans son ombre, mais ce jour-là, c'était moi qui étais acclamée, et je brillais comme une étoile... Je répondais avec modestie et saluais la foule n'oubliant pas de dire « bonjour Canada » lorsqu'un Canadien me montrait sa carte de presse démontrant une feuille d'érable. Nous savons à quel point j'y suis attachée!

Tout était magique. Le spectacle était réussi et l'animateur faisait un excellent travail. L'anxiété commençait à monter d'un cran à l'approche de la première catégorie pour laquelle j'étais en nomination. Je réalisais que partout dans le monde, les projecteurs seraient tournés vers moi pour quelques secondes. Ma main tremblante saisit celle de Mathias. Il essaya de me rassurer en me chuchotant doucement à l'oreille que tout irait bien. Il était fier que j'aie été sélectionnée pour l'un des plus grands prix de l'industrie cinématographique.

Et la gagnante est **Juin**, Kate Westfield, proclama le duo composé de Brad Pitt et de Julia Roberts, mais la vraie cette fois-ci, sur la scène du Dolby Theater. Je me levai, embrassa mon mari et dignement, je montai les quelques marches pour arriver sur le plateau. Une succession d'émotions s'alignaient dans mon cœur et mon esprit. Je soulevai le trophée pour constater qu'il était aussi lourd qu'imaginé!

J'avais un rêve... Tant que nous en avons un... tout est possible! Aujourd'hui, je le réalise éveillée. Quelle sera la suite? Je n'en sais rien! Je prends cet Oscar comme preuve d'amour. N'est-ce pas tout ce qui importe? Merci encore et Mathias, mon chéri, merci... numéro deux s'en vient! lui dis-je en flattant mon ventre.

FIN

Table des matières